Emprisonné par le sorcier
Il me charme, prétendant être mon
compagnon destiné
Jim Cartis

This is a work of fiction. Similarities to real people, places, or events are entirely coincidental.

EMPRISONNÉ PAR LE SORCIER

**First edition. April 28, 2024.**

Copyright © 2024 Jim Cartis.

ISBN: 979-8223105459

Written by Jim Cartis.

# Also by Jim Cartis

Emprisonné par le sorcier

Mes parents m'ont appelé Reimund Gardiner, mais le méchant sorcier qui m'a volé m'appelle Rei. Emprisonné dans sa tour impénétrable, au plus profond de la nature sauvage, j'ai aspiré à la liberté toute ma vie.

Mais mon espoir s'estompe à chaque lever et chute de la lune et du soleil. Il semblerait que la fuite soit impossible. Je suis impuissant face à la magie maléfique de Gotham, obligé de tisser quotidiennement pour le fou, utilisant mes cheveux enchantés pour enrichir ses coffres.

Il récupère ma récolte tous les soirs à minuit, grimpant sur mes cheveux, et si je ne livre pas, les résultats sont désastreux.

Jusqu'à ce qu'une nuit, un prince, et non un sorcier, m'accueille près de ma fenêtre. Son nom est Ziran, un aventurier audacieux prêt à hériter du trône d'Elohime. Et il est là pour me conduire à la liberté.

Ou, dit-il, il me charme, prétendant être mon compagnon destiné. Mais puis-je faire confiance à ce puissant alpha pour tuer Gotham et sauver la situation ? Ou, aveuglé par l'amour, croire en Ziran sera-t-il ma pire erreur ?

# CHAPITRE 1

RI

Couper.

Couper.

Couper.

Je me suis assis sur mon sol glacé devant un petit miroir fissuré, coupant les longues mèches de mes cheveux arc-en-ciel. Des mèches bleues, vertes, jaunes, orange, roses et violettes se sont accumulées à ma gauche à côté de ma jambe jusqu'à ce qu'elles dominent mon genou. Finalement, j'étais satisfait d'avoir rassemblé suffisamment de cheveux enchantés pour les remettre au sorcier au cas où mes plans d'évasion échoueraient.

En fredonnant doucement, j'ai commencé à remuer le contenu d'un pot en métal à ma droite, une étrange concoction gargouillant à l'intérieur : des pétales d'éruption solaire rouge rubis, les feuilles blanches comme neige d'un puissant arbre à givre éternel et des racines de prisme bouillant dans de l'eau chaude. J'ai saupoudré quelques coquilles de noix brunes pour compléter la potion.

La petite flamme bleue sous les ustensiles de cuisine en lévitation était mon œuvre. C'était le fruit de mon travail, passé de longues années dans la solitude à perfectionner mes compétences naturelles en magie.

"Laalaalaa lalalalaaa lalaaaaa", ma voix montait de plus en plus haut, crescendo alors que la flamme s'animait.

Avec ma mélodie envoûtante et envoûtante, j'ai poussé la lumière bleue à brûler plus chaudement et plus lumineusement. La potion âcre préparée en secret était une réponse naturelle à mon problème le plus urgent : trouver un moyen de teindre mes cheveux enchantés lorsque j'avais échappé aux griffes de mon ravisseur avant minuit.

Je trouverais un autre jour un moyen de scier la corne rose qui orne mon front.

"Laaaaaa la la lala", murmurai-je, baissant la flamme avec le decrescendo de ma voix, l'air aspiré hors de la pièce, ma magie et les éléments travaillant à l'unisson.

Je devais travailler vite, car le soleil commençait déjà à se coucher derrière la petite fenêtre sans verre au-dessus de ma tête. C'était la seule source de lumière naturelle dans ma prison. Malgré le lit douillet, les vêtements usés, les livres, les outils et le tabouret à trois pieds dans ma chambre, qui donnaient l'illusion que j'étais chez moi, tout cela n'était qu'un mensonge.

En vérité, j'ai été emprisonné par un sorcier dérangé. Celui que j'essayais désespérément de déjouer alors que l'obscurité recouvrait le désert au-delà de ma tour sur une haute colline.

« Lalala laaa laaa ! » » J'ai chanté, la potion prenant finalement une teinte noire luxuriante.

J'ai forcé la flamme à disparaître en laissant le pot toucher le sol sans lever le petit doigt pour aider à sa descente. Satisfait d'avoir enfin préparé l'élixir d'invisibilité parfait, je me suis mis au travail pour le tester.

Avec un sourire, j'attrapai une mèche de mes cheveux. Il brillait de toutes les couleurs de l'arc-en-ciel, ayant aspiré ma magie avant d'être coupé. J'ai plongé les mèches dans l'eau d'obsidienne et j'ai presque crié de joie.

Alors que je sortais mes cheveux mouillés de l'eau, ils n'avaient plus toutes les nuances imaginables. Non, c'était un noir uniforme et glorieux qui disparaîtrait pour se fondre dans les ombres une fois arrivé dans les bois !

"Liberté!" J'ai crié avant de mettre ma main sur ma bouche, presque effrayé d'exprimer ce dont j'avais désiré depuis si longtemps.

J'avais tout rassemblé pour l'élixir par ruse. Pendant des mois, j'avais mendié et plaidé pour obtenir des morceaux des choses dont j'avais besoin pour le sort tandis que mon ravisseur les récupérait en mon nom, sans être au courant de mes projets.

Finalement, mon travail acharné a porté ses fruits. Je tournais comme un enfant, riant frénétiquement dans l'obscurité, la lueur des bougies s'éteignant aussi rapidement que la lune se levait. Il me restait encore quelques heures avant l'arrivée de Gotham, mon monstrueux maître, mais cela ne me semblait toujours pas suffisant pour me déguiser.

Tournant encore, faisant attention à ne pas renverser le pot, je me suis affalé sur mon lit en criant. Nue, comme d'habitude, j'ai laissé mon esprit vagabonder, imaginant ce que je ferais une fois que j'aurais coupé mes cheveux longs, teint définitivement ce qui restait et enlevé ma corne, disparaissant à travers les bois jusqu'à atteindre la civilisation dans la capitale, Tilri.

Quand j'étais plus jeune, ma réponse aurait pu être de retrouver mes parents, mais ils étaient morts depuis longtemps. Il y a quelques années, avant d'être adulte, j'aurais peut-être répondu à ma question en disant que j'apprendrais un métier ou que je verrais si toutes les histoires de mes livres étaient vraies.

Mais maintenant ? Tout ce que je voulais, c'était trouver quelqu'un pour soigner la douleur entre mes jambes, surtout maintenant, alors que la chaleur irritait ma peau, mon esprit ne se concentrait plus sur la fabrication de potions.

Je me suis penché en arrière, la tête appuyée sur un oreiller, et j'ai caressé mon ventre nu, luttant contre l'envie naissante d'enrouler ma main autour de ma bite et de pomper fort.

En vieillissant, mon isolement est devenu plus insupportable. C'était le pire des nuits comme ce soir, quand je ressentais une douleur profonde pour quelque chose que je ne pouvais même pas nommer. Je n'avais que ma main et mon imagination à ma disposition pour apaiser la bouffée de chaleur qui me parcourait chaque mois lorsque la lune était pleine et que mon corps brûlait de désir.

L'arôme de ma potion baignait l'air, réprimant l'odeur de mes phéromones. Mais l'odeur ne pouvait pas éteindre la partie de moi qui aspirait à ce qu'un conte de fées se matérialise sur mon lit.

J'ai imaginé le fantôme d'un contact amoureux, un avenir au-delà des murs gris pierre rassis de ma chambre pour m'en sortir. Alors que j'étais complètement éveillé, j'ai rêvé d'un prince d'une de mes histoires, un puissant seigneur de guerre alpha au début, qui s'est transformé en un chevalier robuste en armure étincelante alors que je m'abandonnais finalement à mes instincts les plus bas.

Je pouvais disposer de quelques minutes, une infime récompense, avant de m'enfuir. Du moins, c'est le mensonge que je me suis dit alors que je berçais mes couilles d'une main et pompais fort mon sexe de l'autre, me caressant, gêné par l'humidité qui s'accumulait plus bas près de mes fesses.

Secousses, serrant les dents, j'ai rapidement travaillé sur mon érection, qui est devenue dure. Et alors que je redescendais de mon effet, je me sentais pire qu'avant, ma chaleur était plus forte qu'avant.

"Pathétique", murmurai-je en essuyant ma main avec un chiffon humide après l'avoir trempée dans le seau d'eau propre que Gotham avait rempli lors de ses visites.

Je ne me suis pas permis de m'apitoyer trop longtemps sur mon sort. Après tout, je devais fuir, avec ou sans chaleur, ou risquer de perdre la dernière chance de liberté que j'avais jamais eue. J'étais emprisonné dans la tour impénétrable de ce méchant sorcier, au plus profond de la nature, depuis bien trop longtemps. Je doutais de pouvoir survivre une autre nuit.

Mon espoir s'est estompé à chaque lever et chute de la lune et du soleil sur ma petite tranche d'Atheria. L'évasion, semblait-il, était impossible puisque toutes les tentatives avaient été déjouées et sévèrement punies auparavant.

J'étais impuissant face à la magie maléfique de Gotham, obligé de tisser pour le fou jour et nuit, utilisant mes cheveux enchantés pour enrichir ses coffres. Même le tas que je venais de couper était un plan de secours si mes plans d'évasion échouaient, car il m'avait bien entraîné à toujours tenir ses promesses.

Un frisson me parcourut alors que je regardais la cire de bougie fondre, effaçant les restes de mon orgasme. Minuit approchait à grands pas maintenant, et chaque nuit à minuit, ce diable venait récolter ma récolte, grimpant dans mes cheveux. Si je refusais de livrer, les résultats étaient désastreux.

Il n'y avait plus de temps à perdre. J'ai refusé de supporter un autre coup des mains ratatinées de Gotham. J'ai dû travailler au hasard en coupant une plus grande partie de mes cheveux pour former une échelle. Il me faudrait quelques heures pour le couper suffisamment pour le teindre, et j'utiliserais le reste pour m'échapper de la tour.

En passant la main sous ma taie d'oreiller, j'en ai sorti une pochette blanche brodée d'étoiles dorées cousues dans le tissu. J'ai serré le sac contre ma poitrine, invoquant la force des lumières jumelles bénies de Lulana et Solara pour m'échapper. Ensuite, j'ai retiré mes ciseaux magiques et les ai tenus en l'air jusqu'à ce qu'un rayon de lune les frappe.

Ils semblaient rouillés et émoussés jusqu'à ce que je chante un air familier. Mes ciseaux étaient soudain plus tranchants qu'une épée, scintillant plus que la lumière des étoiles, renouvelée à l'aide du sort.

"Les déesses entendent ma prière, tissent les étoiles et font tourner la lune, guident le soleil pour enchanter et conjurer, couronnées de gloire, respectueuses et vraies, confèrent à ma lame une magie au-delà de la simple mesure mortelle, une teinte vibrante et harmonieuse", dis-je, les mots du sort si familiers qu'ils étaient à peine enregistrés dans mon esprit comme magiques.

Contrairement à ceux que Gotham m'a offerts et que j'ai utilisés pour sa récolte, ces ciseaux étaient spéciaux. Chaque mèche de cheveux coupée renforçait la racine au lieu de couper la magie qui coulait de mon cuir chevelu, déformant ainsi l'harmonie de mon sang, la source.

Cela signifiait que je pouvais conserver mon pouvoir un peu plus longtemps pendant la course plutôt que de tout donner à Gotham avant de disparaître dans les airs. En préservant le flux harmonieux de magie dans mon sang, je n'aurais pas besoin de le reconstituer pendant un certain temps avec les potions dégoûtantes de Gotham qui remplaçaient ma nourriture.

Satisfait d'avoir finalisé le rituel, j'ai soulevé une mèche de mes cheveux avec un autre sourire maniaque et j'ai serré la poignée. J'ai soupiré alors qu'un énorme morceau tombait au sol, pour ensuite haleter lorsque j'ai entendu un son des plus épouvantables.

"Reimund!"

Mon cœur s'est presque arrêté et j'ai cru entendre un fantôme. Il restait encore quelques heures avant minuit, et Gotham avait été en avance à la récolte moins de fois que je ne pouvais compter sur une seule main en plus de cent ans.

Mais il n'y avait aucun doute sur ce son, mon nom sur les lèvres de ce méchant haut et fort.

Bon sang! J'ai crié silencieusement, mon cœur battant si fort que j'avais peur qu'il sorte de ma poitrine.

"Reimund!"

Bon sang ! Pensai-je, sachant que la voix exigeant mon attention appartenait à ce méchant vieil homme, même si elle semblait plus grave et plus dure que dans mes souvenirs.

« Lâche tes cheveux pour que je puisse monter tes escaliers arc-en-ciel ! »

En serrant les dents, je savais que le moment était passé. J'avais traîné, m'inquiétant frénétiquement pendant bien trop longtemps, semblait-il. J'étais destiné à être coincé une autre nuit avec lui.

Peut-être a-t-il senti ma rébellion dans l'air et est-il revenu plus tôt à la tour. Quoi qu'il en soit, il ne pourrait pas échapper à ses griffes ce soir.

Cachant mes trésors, de peur de subir une raclée en plus de mon humiliation nocturne, j'ai préparé mes cheveux, jetant la longue tresse par la fenêtre. C'était un mouvement rituel et pratiqué, et je n'ai même pas regardé en arrière alors que Gotham tirait deux fois à la fin avant de ressentir la traction familière d'un corps lourd utilisant mes cheveux comme corde.

Quand j'étais jeune, je criais et pleurais de douleur. Même si mes cheveux étaient surnaturellement longs et forts, cela ne changeait rien au fait qu'ils me faisaient mal. Mais ce méchant bâtard m'avait fait comprendre que cela faisait partie de mon devoir, sinon j'allais mourir entre ses mains. Alors même alors, en reniflant doucement, j'ai retenu mes larmes.

Je n'ai pas pris la peine de baisser les yeux. J'ai détesté regarder longtemps les traits noueux de Gotham. Gotham allait et venait, mais la prochaine fois...

La prochaine fois, je ne laisserai pas passer cette opportunité. Premièrement, je dois m'évader de cette prison mentale pour me libérer de ma prison physique. Bientôt. Très bientôt.

J'ai essayé de me donner un petit discours d'encouragement tandis que des pas de bottes résonnaient sur la pierre juste en dessous de ma fenêtre. Gotham avait presque rattrapé son retard, mais il restait silencieux, ce qui était étrange. Et, contrairement à l'odeur décrépite du sorcier, un parfum étrange, riche et terreux coulait dans ma chambre, frais et majestueux, comme des larmes lunaires en pleine floraison.

En me retournant lentement, mon agacement s'est fondu en une expression horrifiée alors que je me retrouvais face à la réalité.

Pourquoi un homme étrange grimpe-t-il dans ma chambre et non le méchant sorcier qui m'a enfermé ?

J'ai haleté lorsqu'une main gantée a atterri sur le rebord de la fenêtre. Puis, sorti de nulle part, un étranger a semblé se matérialiser plutôt que de bondir dans ma chambre, une fine brume noire s'échappant de ses pieds.

Trébuchant en arrière, mon dos nu heurta une étagère et de lourds volumes tombèrent des étagères sur le sol, manquant de peu ma tête. Je levai ma main tremblante, mes ciseaux ensorcelés faisant office d'arme improvisée pour ma protection.

Mon regard s'est d'abord posé sur les oreilles longues et raffinées de l'envahisseur, caractéristique d'une race que je connaissais bien : les Elohime, les immortels d'Atheria, sur les terres desquels la tour a été érigée. Je devrais les connaître, puisque j'étais une seule et même personne.

Eh bien, un quart du sang d'Elohimen coulait dans mes veines. Un autre quart faisait partie des Kindred, une race métamorphe considérée comme des êtres inférieurs. Cela expliquait mon klaxon. Mais la dernière partie de moi expliquait pourquoi toute ma magie ne pouvait pas faire grand-chose contre Gotham, pourquoi je ne pouvais pas bouger, et même si j'avais plus de cent ans, j'aurais de la chance d'en voir deux.

La moitié de mon sang était celui d'un humble humain, la même race d'êtres que j'avais si désespérément envie de rejoindre au-delà de la frontière enchantée séparant mon monde de mes terres ancestrales.

Mes réflexions m'ont ramené au sang pur qui était devant moi. Il me regardait avec un léger mépris. Il était grand et large, avec des yeux noirs comme du charbon enfoncés qui devenaient violets lorsqu'il croisait mon regard, un nez proéminent, des lèvres courbées et des cheveux noirs bouclés qui s'arrêtaient juste au-dessus de ses oreilles. Sa tenue semblait assez simple, beige, noire et extrêmement terne. Mais les coutures... Cela m'a fait réfléchir. La faible lueur argentée m'a rappelé quelque chose.

Mon regard s'est d'abord posé sur les oreilles longues et raffinées de l'envahisseur, caractéristique d'une race que je connaissais bien : les Elohime, les immortels d'Atheria, sur les terres desquels la tour a été érigée. Je devrais les connaître, puisque j'étais une seule et même personne.

Eh bien, un quart du sang d'Elohimen coulait dans mes veines. Un autre quart faisait partie des Kindred, une race métamorphe considérée comme des êtres inférieurs. Cela expliquait mon klaxon. Mais la dernière partie de moi expliquait pourquoi toute ma magie ne pouvait pas faire grand-chose contre Gotham, pourquoi je ne pouvais pas bouger, et même si j'avais plus de cent ans, j'aurais de la chance d'en voir deux.

La moitié de mon sang était celui d'un humble humain, la même race d'êtres que j'avais si désespérément envie de rejoindre au-delà de la frontière enchantée séparant mon monde de mes terres ancestrales.

Mes réflexions m'ont ramené au sang pur qui était devant moi. Il me regardait avec un léger mépris. Il était grand et large, avec des yeux noirs comme du charbon enfoncés qui devenaient violets lorsqu'il croisait mon regard, un nez proéminent, des lèvres courbées et des cheveux noirs bouclés qui s'arrêtaient juste au-dessus de ses oreilles. Sa tenue semblait assez simple, beige, noire et extrêmement terne. Mais les coutures... Cela m'a fait réfléchir. La faible lueur argentée m'a rappelé quelque chose.

Royale, peut-être ? Pensai-je avec un soupir, mon cœur s'accélérant quand soudain le fou me sourit, même si ses yeux étaient tout sauf gentils.

"Eh bien..." murmura l'intrus, hochant la tête et me souriant alors que le monde fondait. "Je suis venu chercher un trésor perdu, pour tuer une bête légendaire, mais j'ai trouvé à la place un garçon enfermé dans une tour."

Je me suis agrippé à mon cœur, qui s'est accéléré jusqu'à ce que je sache qu'il allait me percer la poitrine ! Je connaissais ce sentiment qui bouillonnait en moi, quelque chose comme un enchantement que j'avais lu dans d'innombrables histoires. Alors que le regard brûlant de l'intrus parcourait mon corps nu, je savais aussi que je ne pouvais pas échapper à son regard ou au sort qu'il m'avait jeté.

"Ugh," grognai-je, me cognant à nouveau contre l'étagère alors que j'essayais de battre en retraite, sans nulle part où fuir.

La seule porte a été scellée par Gotham il y a vingt-cinq ans après une vilaine querelle, et depuis, j'étais confiné dans ma chambre dans la tour.

« Waouh là ! Attention, dit le voleur en tendant la main.

Sa magie s'enroulait autour de moi, froide au toucher, alors qu'il me repoussait. Une fois qu'il a touché le sol à l'endroit où je me tenais, le livre géant de contes de fées tombé de ma bibliothèque s'est ouvert, la poussière nous faisant tous les deux trembler et avoir une respiration sifflante.

Je n'en avais pas lu depuis que j'étais très jeune, mais les contes de fées m'étaient restés sans cesse gravés dans la tête. Avant, de telles envolées de fantaisie m'apportaient un grand réconfort et un grand réconfort pendant ma solitude sans fin. Mais alors que je regardais un prince et une princesse Elohimen s'embrasser sur un bateau sur un lac éclairé par la lune, j'avais envie de vomir.

Deux cœurs enchevêtrés. Deux destins fusionnés en une seule âme. Le premier baiser du véritable amour déclenchera le charme éternel.

Quelque chose a changé en moi lorsque j'ai lu ces déclarations d'amour familières dans le livre. Je savais que cet étranger avait modifié mon être, tout autant que je savais que ma chaleur devenait plus puissante à chaque seconde où j'étais en présence de cet alpha. Il n'y avait aucun doute sur ce qu'il était, même si je ne savais pas qui était ce voleur.

Devant moi se trouvait mon véritable amour, un Elohimen, un alpha de sang pur, et j'avais confiance dans mon évaluation de l'étranger. Agrippant mes ciseaux, j'ai couru en avant avec un grognement sur les lèvres, déterminé à tuer le fae avant qu'il ne m'enferme dans une autre prison dont je ne pourrais plus jamais me libérer.

Une prison appelée amour.

# CHAPITRE 2

ZIRAN

En voyageant à travers le grand royaume de mon arrière-arrière-grand-père, j'ai rencontré de nombreux sons et images étranges. Mais rien ne se rapprochait de la vision de la beauté qui se dirigeait vers moi maintenant.

Le jeune homme était magnifique, avec une peau d'un blanc nacré baignée de clair de lune, nu comme le jour de sa naissance, ses tresses arc-en-ciel scintillantes de traces de magie, criant comme une brute de guerre si fort que mes oreilles sensibles avaient l'impression qu'elles allaient se briser.

Il était trop près pour être à l'aise, un poignard à la main, du venin dégoulinant de ses yeux, avec une corne rose au centre de son front prête à me transpercer le crâne. La pointe pointue de son arme se pressa contre ma poitrine avant que mon instinct de survie ne se déclenche.

"Arrête ça!" J'ai crié, saisissant son poignet avant qu'il ne puisse m'abattre.

Une paire de ciseaux étincelants tomba sur le sol, pas un poignard comme je le pensais au départ. J'ai tordu le bras de l'oméga et je l'ai poussé contre le mur à côté de la fenêtre avec ma main serrée autour de sa bouche.

Il m'a mordu très fort, si fort que j'ai saigné à travers mon gant. Alors je lui ai serré la gorge, mes doigts appuyant avec précision pour couper ses gémissements. Le petit oméga se tortillait et se battait, mais il n'était pas de taille face à moi.

Après un moment et une série de jurons vulgaires, il s'immobilisa. J'ai relâché lentement mon emprise sur son cou pour ne pas le déclencher une fois de plus. Non pas que je lui en veuille. Je m'étais faufilé dans cette Tour du Gardien Céleste abandonnée pour le voler à l'aveugle. C'était tout à fait naturel qu'il se batte.

Mais c'était faux. Un sorcier faible et maléfique était censé me saluer, et ce magnifique et méchant oméga n'était pas du tout censé être là.

"Ne crie plus, ou tu alerteras ce salaud que je suis là," dis-je en relâchant lentement son poignet et en le faisant pivoter.

Les yeux gris de l'oméga transpercèrent mon âme, me fixant, tremblant presque de colère. Sa beauté et sa rage étaient si aveuglantes que j'en oubliais presque pourquoi j'étais là.

Presque, mais pas entièrement, alors que je m'éloignais pour réévaluer ma situation. La couronne fae m'a envoyé tuer un sorcier qui avait volé des secrets du trône d'Elohime : une sagesse ancienne et interdite, une magie qu'aucun simple magicien de la cour n'aurait jamais dû posséder. Il s'était bien caché, mais finalement, j'avais localisé l'emplacement de Gotham.

Le traître aurait volé une racine rare, un ingrédient principal de la magie céleste, un secret jalousement gardé par Elohime. Selon la rumeur, la racine aurait été donnée à manger à une bête piégée dans une tour, accessible uniquement via une corde magique. Nourrie de la magie primitive de la lumière prismatique, la bête de Celeste Bay devait être ramenée à Elohime enchaînée après que j'aie coupé la tête de Gotham et détruit toute trace de racine de la terre.

Mais il me semblait que la bête magique n'était pas du tout une bête mais un garçon doté de pouvoirs qu'il ne devrait pas posséder, avec une voix si tendre et si douce qu'elle correspondait à la mélodie de la nature elle-même. En y regardant de plus près, le garçon semblait assez vieux – jeune selon nos critères mais un homme du Royaume Humain au-delà de nos frontières.

J'ai pris sa joue rose en coupe, qui contrastait violemment avec ses cheveux luxueux, momentanément captivée. Jusqu'à ce qu'il rouvre la bouche, crachant des jurons au lieu d'une chanson.

« Lâchez-moi, sale voleur ! » » grinça-t-il en me donnant un coup de genou à l'aine.

Doublant de douleur, j'ai refusé de le laisser s'échapper, le plaquant presque au sol. Heureusement, nous avons trébuché jusqu'à son lit avant que mon poids n'écrase l'oméga sur le sol en pierre.

Son corps nu se débattait contre le mien alors que je tenais bon. Il a fallu tous mes esprits ancestraux pour ne pas l'écraser dans mes bras. Il était très mince, à la limite osseux, et je n'avais jamais été accusé d'être un gentil fae.

De plus, ce n'était pas parce que j'étais immortel que j'étais insensible à la douleur. Ses morsures, coups de pied et égratignures s'accumulaient, et il lui fallait un effort suprême pour ne pas nuire à l'oméga.

"Restez tranquille avant d'alerter le sorcier", ordonnai-je à nouveau, soulagé lorsqu'il se calma suffisamment pour que je puisse l'apprivoiser. Même en criant, la voix de l'oméga était comme de la soie contre mes oreilles, ce qui rendait un peu plus supportable le fait de supporter ses coups.

"Comme si tu n'avais pas déjà alerté Gotham, tu te débats sur son territoire, espèce de brute," cracha l'oméga, des accusations dégoulinant de son ton.

Je me hérissai, attrapant finalement à nouveau ses poignets alors qu'il tentait de me gifler. Ce n'était pas le territoire de ce salaud ; c'était le mien, offert par le roi. Chaque brin d'herbe d'Elohime appartenait à notre dynastie.

Même cet oméga m'appartient, pensai-je en fronçant les sourcils, me demandant comment j'avais fini par traiter si cruellement un de mes sujets.

"Non," murmurai-je alors qu'il se moquait de moi, haletant, les poignets de mon oméga coincés au-dessus de sa tête. « Cette terre, cette tour, même toi m'appartiens. Je suis votre futur roi, et à cause de ce méchant bâtard, mes aventures avant de monter sur le trône ont été écourtées. Bientôt, je serai confiné dans un château, tout comme vous l'êtes dans cet endroit. Alors plus de chichi ni de bagarre ou autre ! Je veux accomplir rapidement ma tâche.

C'est alors que j'ai de nouveau pris conscience de la nudité de l'oméga sans nom, sa queue serrée contre mon ventre alors que je gémissais. Une vague de phéromones remplissait l'air et je ne pouvais pas déchiffrer si c'étaient les miennes ou les siennes.

Avec un soupir, je me soulevai de son corps et m'occupai de trouver une issue de secours. Le sorcier n'était pas là, et même si le garçon n'était pas physiquement plus fort, j'ai senti une quantité dangereuse d'énergie magique s'échapper de ses pores, couler de son sang.

Il n'est peut-être pas le chien de garde mystique de Gotham, comme je l'avais d'abord imaginé, mais je ne pouvais pas faire confiance à l'oméga pour ne pas cacher quelque chose au plus profond de lui, déguisé par ses yeux séduisants. En revenant vers la fenêtre, mon genou appuyé sur le rebord de la fenêtre, j'ai envisagé de me dissoudre dans la brume ou, mieux encore, de prendre la forme d'un oiseau et de chevaucher le courant du vent pour retourner au camp.

Cependant, la panique de l'oméga et les phéromones erratiques m'ont arrêté net dans mon élan.

"Attendez!" » cria-t-il, son ton perdant sa fougue, semblant presque brisé.

J'ai fait une pause malgré mon esprit rationnel qui disait que je devais m'éloigner. En me retournant vers lui, j'ai été choqué de le voir frotter une mèche de ses cheveux coupés avec un étrange liquide noir.

« Voleur, scélérat, brute, fou ou faux prince. Je me fiche de qui ou de ce que vous êtes, mais Gotham est plus puissant que vous. Trouver cette tour n'est pas une mince affaire, mais s'en échapper est une tout autre histoire. C'est presque impossible », dit-il en essorant le liquide noir au-dessus d'un pot bouillonnant qui ressemblait à de l'encre.

"Donc?" Ai-je demandé, curieux malgré tous les avertissements qui résonnaient dans ma tête, me prévenant de m'éloigner de lui et de cet endroit.

Je reculai au sol, incapable d'éviter de lui marcher sur les cheveux. Cela submergeait la chambre pittoresque dans toutes les directions que je pouvais voir.

"Donc, je suis prêt à partager mon élixir d'invisibilité si vous me dites comment vous vous êtes faufilé à travers ses boucliers."

"Élixir d'invisibilité?" Ai-je demandé en regardant le pot boueux rempli de teinture.

Une fois qu'il s'est déposé sur les mèches de test, les transformant en une teinte noir foncé, j'ai réalisé ce qu'était le liquide noir. J'ai supposé que c'était pour se teindre les cheveux, donc je n'ai pas compris son affirmation ridicule selon laquelle il avait fabriqué une potion pour se rendre invisible.

Est-ce que ce gamin joue avec moi ? Est-ce que je lui ai fait trembler le crâne quand je lui ai tiré les cheveux ?

Cela semblait peu probable parce qu'il l'avait dit sérieusement. Je suis allé le corriger et approfondir cette affirmation ridicule lorsqu'un cercle de lumière a attiré mon attention. Mon cœur tomba à mes pieds.

"Qu'est-ce que c'est?" Ai-je demandé, comme si je ne savais pas, ma main se précipitant pour saisir la sienne alors que je traversais la pièce.

Mon oméga a essayé de retirer sa main, mais j'ai tenu bon et je l'ai retournée. Là, gravés dans sa peau comme un tatouage, se trouvaient trois cercles blancs, avec des rayons de lumière perçant chaque anneau depuis le centre. C'était un symbole familier, que je portais depuis ma naissance.

Libérant l'oméga assez longtemps pour retirer mon gant, je m'émerveillai de l'encre correspondante sur ma paume gauche qui s'était maintenant transférée sur sa droite, ce qui ne pouvait signifier qu'une chose.

« Le coup de la Déesse ! L'idée que ce gamin puisse être le mien d'une manière si intime," dis-je à voix haute, une fois contre le fait de devoir coincer l'oméga alors qu'il essayait de m'échapper.

Je ne savais pas où, car la porte était scellée et la fenêtre serait une mort certaine pour lui. Mais je n'ai pas tenté ma chance, lui serrant la hanche alors que j'utilisais toutes mes forces pour le maintenir contre mon corps.

"Un... main... moi... espèce de bête", dit l'oméga alors que je le serrais pour ma chère vie. Nous nous tenions poitrine contre poitrine sur le même mur que nous avions commencé, meurtris et battus et pas plus proches d'une compréhension mutuelle.

«Je m'appelle Ziran, Ziran Elohime. Et non, je ne te lâcherai pas, mon oméga. Il semble que je ne pourrai jamais t'échapper, » murmurai-je, et je ne pus cacher mon amertume. « Et tu n'as pas de potion d'invisibilité, espèce d'imbécile. Vous avez concocté une teinture puissante qui cache vos cheveux magiques. Je sens l'odeur de racine de prisme dans l'air, alors je vois que vous avez utilisé à mauvais escient les secrets de ma famille, même pour des tâches banales. Ne soyez pas assez stupide pour penser que Gotham ne vous trouvera pas une fois entré dans Yurel si vous portez des cheveux noirs enchantés.

Nous étions immobiles, haletant lourdement, nos corps en sueur plaqués contre le mur. Je ne pensais pas pouvoir survivre à un autre match de lutte contre l'oméga glissant sans le jeter par-dessus mon épaule et l'emmener avec moi. Et puis, finalement, il a cédé, toute la lutte quittant son corps.

"Rei", murmura-t-il alors que je lui rendais son mépris avec la même force, le regardant fixement.

"Hein?" son ton doux m'a déstabilisé.

«Je m'appelle Rei, Reimund Gardiner, pas Omega, voleur. Et bon sang, ce livre menteur ! Si le sort est inutile, alors dites-moi au moins comment vous avez réussi à vous faufiler à travers ses boucliers, et je partagerai avec vous ma connaissance de Gotham.

Si seulement il ne niait pas mon sang royal. Ce petit rustre n'oserait pas me parler ainsi s'il savait que je dis la vérité. Mais je suppose que je suis un voleur, un voleur de cœurs plutôt que du trésor que je recherchais, pensai-je en fronçant les sourcils.

« Et comment ça, tu ne peux pas m'échapper ? Pourquoi, à cause de ça ? » demanda Rei en levant sa paume. « Ne m'as-tu pas marqué pour me coincer avec un sort ? Supprimez-le simplement. Problème résolu."

« Vous plaisantez sûrement ? J'ai demandé, mais il a fait non de la tête.

J'étais à court de mots. Mon oméga était loin d'être un sang pur, mais Rei portait un peu du même sang. En tant qu'oméga, il devrait savoir quelque chose d'aussi simple que la façon dont les liens de partenaire se sont formés.

« Le compagnon d'un Elohimen alpha est marqué de sa crête, sa tache de naissance. Ce lien ne peut être rompu. Vous ne pouvez pas y échapper, » dis-je en serrant le poing là où le cercle magique s'épanouissait, le sang jaillissant de la blessure qu'il m'avait infligée avec ses dents. « Je ne peux pas non plus l'effacer. Ce sont des connaissances de base. Vos livres ne vous ont pas enseigné les traits fondamentaux de votre propre race ?

Rei me regarda bouche bée, et il sembla finalement comprendre ce que signifiait cette marque. Une rougeur féroce l'envahit, jusqu'à son cou, et je ne pus m'empêcher de rougir aussi fort que nous nous détournâmes l'un de l'autre pour rassembler nos pensées capricieuses.

"Ww-eh bien," balbutia-t-il en poussant contre ma poitrine, "contrairement à un Elohimen de sang pur, je peux ressentir de la douleur."

"Hein?" J'ai demandé.

«Je peux ressentir de la douleur. Alors enlève ton gros et costaud corps de moi avant de m'écraser la vie, » demanda Rei avec un souffle et un piétinement de ses pieds nus. "Alors je vais tout t'expliquer."

La colère de Rei m'arracha un rire. Je n'avais jamais, pas une seule fois, été pris pour un homme costaud. Brutal, oui, mais pas costaud du tout avec ma silhouette élancée. C'était juste que notre contraste était trop grand. Rei pesait autant qu'une plume mouillée et ne pouvait toucher mon menton qu'avec le bout de sa corne.

Pourtant, en signe de solidarité, je l'ai laissé partir. Il s'est frotté les poignets, s'est fendu le dos, puis a croisé les bras, me regardant avec une hanche penchée.

« Nous, Elohime, sommes immortels de nom seulement. Vous le savez aussi bien que moi. Faites-moi confiance quand je dis que vos attaques font mal. Peut-être pas autant que je t'ai blessé, et pour cela, je m'en excuse.

Je pinçai les lèvres, me demandant si m'excuser était la bonne décision avec lui. Rei était capricieuse, imprévisible et étrangement naïve. Il s'attendait probablement à ce qu'un prince héritier soit beaucoup de choses, et s'excuser après avoir pénétré par effraction dans sa chambre n'en faisait certainement pas partie.

"Je suis comme toi," murmura Rei, soudainement timide alors qu'il avait essayé de me trancher la gorge quelques instants auparavant. « Un quart de moi, en tout cas. Je sais que ça fait mal même si ça ne te tue pas. Je sais et je suis désolé. Tu m'as tellement fait peur que je ne savais pas comment réagir. Je t'ai attaqué parce que seul Gotham me rend visite ici. Alors dis-moi, Ziran, audacieux menteur et aventurier, pourquoi es-tu ici ?

Je voulais dire qu'il sentait le Quarterbloang pour qu'il n'ait pas besoin de me le dire, mais je me suis retenu. Nous faisions enfin des progrès l'un avec l'autre, et je ne voulais pas rompre notre trêve temporaire en l'énervant à nouveau.

Rei était beaucoup de choses, mais une anima, ce n'était pas le cas. J'ai trouvé idiot le sortilège pour me hisser à cette tour jusqu'à ce que je croise les yeux de mon oméga. Maintenant, mes projets étaient tous ruinés. Comment étais-je censé commencer à expliquer à Rei pourquoi j'étais ici ?

Depuis combien de temps ce garçon était-il enfermé ? En y regardant de plus près, sa peau était si pâle et si douce qu'elle semblait sur le point de se briser sous la lumière du soleil, translucide comme ses yeux gris vitreux. Rei pensait que mélanger des teintures capillaires le rendait invisible. Et, plus troublant encore, il était mon compagnon destiné, même si je voulais le nier.

Tout dans cette situation était absurde. J'avais l'impression que j'avais besoin de réponses, et non l'inverse !

"Pour te libérer", mentis-je, car ma mission avait été de le ramener dans la capitale enchaîné après avoir coupé la tête de Gotham. "Je suis là pour te libérer de la tyrannie du sorcier si tu m'aides à le déjouer."

Rei n'avait pas l'air convaincu ou impressionné, mais il était silencieux et observateur, ce qui signifiait que j'avais quelque peu éveillé sa curiosité.

« Et si nous travaillions ensemble, oméga ? » » lui ai-je proposé, le regardant avec dédain et aussi un soupçon de désespoir. « Je veux dire, Rei. Tu veux t'échapper et j'ai besoin des secrets du sorcier. Nous faisons des compromis et nous nous aidons mutuellement à gagner.

Je lui ai offert ma main nue à serrer en signe de ma fidélité. Finalement, Rei a placé sa main dans la mienne et j'ai senti une bouffée de pur désir et de pouvoir m'envahir alors que nos symboles correspondants brillaient dans le noir. À quel point la marque d'accouplement était perfide, provoquant des pulsions protectrices qui ont inondé mon corps lorsque nous étions étrangers la nuit précédente.

« Marché conclu », dit Rei, affichant le premier sourire que j'avais vu depuis notre rencontre.

Cela m'a presque mis à genoux et j'ai avalé une grosse boule dans ma gorge, souriant timidement à mon oméga : « D'accord, c'est affaire. Maintenant, je dois battre en retraite. Je reviendrai avec un plan d'action un autre lever de soleil. Je sens la présence maléfique de Gotham approcher, et je ne peux pas lui tendre une embuscade maintenant, affaibli par le lien.

J'ai décidé de m'enfuir, mais ensuite, comme un enfant perdu, Rei a saisi ma manche, refusant de me permettre de partir.

« Et si tu ne reviens pas ? J'ai besoin d'être assuré que tu reviendras me chercher.

Je serrai les dents, ne sachant pas comment convaincre Rei de me faire confiance puisqu'il ne semblait pas au courant de mon sang royal. Même s'il en était conscient et jouait le rôle d'un imbécile, il ne croyait toujours pas que ma parole était mon lien, ce qui m'ennuyait plus que je ne le laissais paraître. Après tout, ma lignée reposait sur le respect de mes promesses envers nos sujets. Même des rustres arriérés comme Reimund Gardiner.

"Je n'ai pas ce que je recherche et tu n'es pas libre, alors je reviendrai," dis-je, essayant de rassurer Rei.

Mais mes paroles ne valaient rien pour lui, réalisai-je alors qu'il me regardait à nouveau, comme s'il voulait enfoncer sa corne dans ma mâchoire. Finalement, j'ai eu une idée.

"Fermez les yeux et ouvrez la main", ai-je ordonné, et pour une fois, Rei a fait ce qu'on lui a dit sans se battre.

En soupirant, j'ai laissé ma main planer sur la sienne, un cristal violet formé entre nos liens respectifs.

"Prends mon âme en rançon, Rei," murmurai-je, le sort terminé.

Ses yeux s'ouvrirent brusquement, sa bouche béante sous le choc lorsque je retirai ma main.

« Gotham vous a gardé en vie pendant longtemps grâce à vos cheveux qui ont concentré autant de magie de prisme. Mais s'il vient te tuer ce soir, je mourrai prématurément. Alors sache que je reviendrai pour l'autre moitié de mon âme, même si tu doutes de ma loyauté envers toi.

"La moitié de ton... âme ?" » Murmura Rei, surprise alors que l'éclat de mon esprit s'enfonçait dans sa paume tendue. « Pourquoi voudriez-vous le remettre si facilement ? »

J'ai haussé les épaules. "Je ne le ferais pas, mais tu possèdes déjà la moitié du mien en tant que compagnon, alors prends-le au pied de la lettre, comme un gage. Je reviendrai. Après tout, je ne veux pas mourir jeune. Je n'ai que cinq cent vingt-sept ans. Il me reste encore beaucoup de vie à vivre et je préférerais monter sur le trône.

Rei cligna lentement des yeux avant d'afficher un autre sourire éclatant, ce qui me surprit. Tenant toujours ma manche, sa main se dirigea vers ma veste. Puis, à ma grande surprise, Rei s'est mis sur la pointe des pieds et m'a embrassé sur les lèvres. C'était plus un baiser enfantin qu'un véritable baiser, mais cela m'a quand même coupé le souffle. Choqué, je lui ai serré les épaules et je l'ai repoussé.

"C'était pour quoi ?" Ai-je demandé, déconcerté par le changement soudain de sa personnalité. Je commençais à craindre d'avoir jeté son bon sens par la fenêtre lors de notre simulation de bataille.

Cependant, j'ai dû considérer que j'avais dû lui apparaître comme un cambrioleur auparavant, et maintenant nous sommes des amis destinés. Le coup du lapin que nous subissions tous les deux était immense.

« Le premier baiser du véritable amour scellera le lien. Je ne peux pas faire de magie d'âme, alors c'est ma façon de sceller notre accord, » dit-il innocemment, si innocemment, en fait, que j'ai dû rire.

J'ai essuyé les larmes de mes yeux avec ma jointure, déconcertée une seconde fois. Seuls les enfants croyaient à des contes de fées aussi purs. Seuls le sexe brut et les morsures de réclamation pourraient sceller un lien de destin, liant pour toujours un oméga à leur alpha. Eh bien, entre les Kindred métamorphes. Pour nous, le sexe renforçait le sort, donc un simple baiser ne mettrait pas nos âmes en harmonie comme le ferait l'accouplement.

Mais quand je l'ai regardé dans les yeux, j'ai réalisé que Reimund était extrêmement sérieux.

« Rei... » murmurai-je, ne me faisant pas confiance pour expliquer, la panique monta

J'ai décidé de m'enfuir, mais ensuite, comme un enfant perdu, Rei a saisi ma manche, refusant de me permettre de partir.

« Et si tu ne reviens pas ? J'ai besoin d'être assuré que tu reviendras me chercher.

Je serrai les dents, ne sachant pas comment convaincre Rei de me faire confiance puisqu'il ne semblait pas au courant de mon sang royal. Même s'il en était conscient et jouait le rôle d'un imbécile, il ne croyait toujours pas que ma parole était mon lien, ce qui m'ennuyait plus que je ne le laissais paraître. Après tout, ma lignée reposait sur le respect de mes promesses envers nos sujets. Même des rustres arriérés comme Reimund Gardiner.

"Je n'ai pas ce que je recherche et tu n'es pas libre, alors je reviendrai," dis-je, essayant de rassurer Rei.

Mais mes paroles ne valaient rien pour lui, réalisai-je alors qu'il me regardait à nouveau, comme s'il voulait enfoncer sa corne dans ma mâchoire. Finalement, j'ai eu une idée.

"Fermez les yeux et ouvrez la main", ai-je ordonné, et pour une fois, Rei a fait ce qu'on lui a dit sans se battre.

En soupirant, j'ai laissé ma main planer sur la sienne, un cristal violet formé entre nos liens respectifs.

"Prends mon âme en rançon, Rei," murmurai-je, le sort terminé.

Ses yeux s'ouvrirent brusquement, sa bouche béante sous le choc lorsque je retirai ma main.

« Gotham vous a gardé en vie pendant longtemps grâce à vos cheveux qui ont concentré autant de magie de prisme. Mais s'il vient te tuer ce soir, je mourrai prématurément. Alors sache que je reviendrai pour l'autre moitié de mon âme, même si tu doutes de ma loyauté envers toi.

"La moitié de ton... âme ?" » Murmura Rei, surprise alors que l'éclat de mon esprit s'enfonçait dans sa paume tendue. « Pourquoi voudriez-vous le remettre si facilement ? »

J'ai haussé les épaules. "Je ne le ferais pas, mais tu possèdes déjà la moitié du mien en tant que compagnon, alors prends-le au pied de la lettre, comme un gage. Je reviendrai. Après tout, je ne veux pas mourir jeune. Je n'ai que cinq cent vingt-sept ans. Il me reste encore beaucoup de vie à vivre et je préférerais monter sur le trône.

Rei cligna lentement des yeux avant d'afficher un autre sourire éclatant, ce qui me surprit. Tenant toujours ma manche, sa main se dirigea vers ma veste. Puis, à ma grande surprise, Rei s'est mis sur la pointe des pieds et m'a embrassé sur les lèvres. C'était plus un baiser enfantin qu'un véritable baiser, mais cela m'a quand même coupé le souffle. Choqué, je lui ai serré les épaules et je l'ai repoussé.

"C'était pour quoi ?" Ai-je demandé, déconcerté par le changement soudain de sa personnalité. Je commençais à craindre d'avoir jeté son bon sens par la fenêtre lors de notre simulation de bataille.

Cependant, j'ai dû considérer que j'avais dû lui apparaître comme un cambrioleur auparavant, et maintenant nous sommes des amis destinés. Le coup du lapin que nous subissions tous les deux était immense.

« Le premier baiser du véritable amour scellera le lien. Je ne peux pas faire de magie d'âme, alors c'est ma façon de sceller notre accord, » dit-il innocemment, si innocemment, en fait, que j'ai dû rire.

J'ai essuyé les larmes de mes yeux avec ma jointure, déconcertée une seconde fois. Seuls les enfants croyaient à des contes de fées aussi purs. Seuls le sexe brut et les morsures de réclamation pourraient sceller un lien de destin, liant pour toujours un oméga à leur alpha. Eh bien, entre les Kindred métamorphes. Pour nous, le sexe renforçait le sort, donc un simple baiser ne mettrait pas nos âmes en harmonie comme le ferait l'accouplement.

Mais quand je l'ai regardé dans les yeux, j'ai réalisé que Reimund était extrêmement sérieux.

« Rei... » murmurai-je, ne me faisant pas confiance pour expliquer, la panique montant en moi.

Il était bien trop naïf. Depuis combien de temps la racine a-t-elle été volée ? Bien plus de cent ans, si ma mémoire me semble exacte. Pour un Quarterbloang, cela pourrait être toute une vie.

Rei est-il piégé dans cette tour depuis qu'il est bébé ?

Cela semblait impossible, mais plus je l'observais, plus cela me paraissait vrai. Maintenant que ses défenses étaient tombées, Rei semblait trop fasciné, sans défense devant un homme qu'il prétendait être un voleur, crachant des bêtises sur le premier baiser du véritable amour. Et, plus important encore, Rei était sans vergogne nue devant un alpha plus âgé et plus puissant, sans se soucier du monde. Même entre amis, il était sans vergogne dans une situation qui appelait un peu de honte.

"Et... ah..." il s'interrompit en rougissant, "C'est aussi une forme de paiement. Je t'en donnerai plus à ton retour.

"Hein?" Ai-je demandé en le serrant un peu trop fort alors que je tendais la main pour lui prendre la main. « Qui t'a appris que les baisers étaient des gages ? Les baisers ne sont pas une forme de paiement.

Reimund serra les dents, ses yeux me fixant, pas moi. «Je promets que je serai bon. Je vais vous donner une belle récompense. Alors partez maintenant avant d'être attrapé et que le sorcier nous tue. Je t'attendrai, Ziran. Vas y."

Avec ces mots énigmatiques, le garçon de sang-sang m'a poussé jusqu'à ce que mon dos et ma tête soient hors du rebord de la fenêtre. Et puis je l'ai senti, le tremblement terrifiant dans l'air alors que quelque chose d'ancien et de démoniaque se déplaçait dans les bois de Yurel en contrebas.

"Je reviendrai. Attends-moi, Rei. Vous n'avez pas besoin de votre échelle tressée. Je bougerai avec le vent.

Nous nous sommes regardés, Rei soulevant une partie de son énorme tresse, avant de finalement me libérer. Je me suis dissous dans la brume alors que je laissais les ombres me ramener à mon campement avant que Gotham ne puisse m'attraper.

Mais même lorsque je revenais, encore et encore sous la forme d'un oiseau, observant, attendant une occasion de frapper, le garçon coincé dans la tour aux cheveux arc-en-ciel restait un problème que je ne parvenais pas à trouver un moyen de résoudre, forcé assister à l'emprisonnement de mon compagnon, pris entre mon devoir envers ma couronne et l'autre moitié de mon âme.

# CHAPITRE 3

RI

"Reimund, Reimund, laisse tomber tes cheveux pour que je puisse monter tes escaliers arc-en-ciel."

Mon cœur se serra, l'ombre de Ziran s'estompa tandis que la voix de Gotham résonnait en dessous. Personne ne pouvait deviner à quel point j'avais confondu les deux. Je supposais que j'étais tellement captivé par la réalisation de ma potion désormais inutile que cela me rendait temporairement fou.

Aussi rapide que l'éclair, j'ai jeté ma tresse par la fenêtre et me suis appuyé sur le lit, plaçant mon pot de teinture pour cheveux noirs en dessous avec mon talon.

Mon esprit était encore sous le choc de ma rencontre fortuite avec un alpha – mon compagnon destiné, parmi tous les alphas – un mystérieux voyou qui m'avait promis la liberté et avait laissé derrière lui une partie de son âme. Cela semblait plus ridicule qu'un conte de fées, ce qui le rendait d'autant plus enivrant.

Je savais que Ziran mentait, du moins en partie. Ma liberté lui importait peu dans le grand schéma des choses. Même si nous étions des amis destinés, il ne me semblait pas être un homme prêt à risquer sa vie pour moi. Mais plus qu'un homme que j'ai connu toute ma vie, je savais que Ziran était plus digne de confiance. Je vivais avec un menteur narcissique depuis le jour de ma naissance. Je pouvais le dire en le regardant dans les yeux quand Gotham racontait des histoires.

Et le regard de Ziran était ferme, lourd et brillamment clair. La seule fois où cela s'est obscurci, c'est lorsqu'il a parlé de me libérer comme de son objectif principal, et non comme la conséquence de ce qu'il recherchait réellement.

Je m'accrochais à cet espoir, même si c'était un mensonge. Gotham m'a appris une leçon précieuse au cours de toutes mes années enfermées dans la tour et dans les champs environnants : rien dans la vie ne s'acquiert gratuitement. Je donnerais n'importe quoi à Ziran si cela signifiait obtenir tout ce que je voulais. J'accepterais volontiers tout ce qu'il me demanderait s'il revenait avec la preuve d'un plan.

Tant qu'il revient me chercher, pensais-je avec un sourire serré alors que Gotham se dirigeait vers ma fenêtre, un grand et lourd sac noir sur le dos, comme d'habitude. Je mourrai si Ziran me l'ordonne, si je peux mourir hors des murs de cette tour.

«Bienvenue, Maître», murmurai-je dans ma barbe alors que nous commencions à travailler sur nos tâches nocturnes.

Le sorcier abaissa la capuche de sa cape argentée avec un sourire maniaque. Gotham était agréable quand il entra dans ma chambre, ce qui est rare. Il a posé son sac, en a sorti un vide de l'intérieur et l'a jeté par terre, près de mes pieds. Il a fait un signe de tête en direction du sac vide et j'ai commencé à y jeter consciencieusement mes cheveux.

Pendant que je m'occupais de ma tâche, Gotham remplit mon seau d'eau, versant du bouillon dans mon bol depuis une pochette attachée à sa hanche. Il l'a posé sur ma table à côté de mon lit, des morceaux de viande tombant dans le ragoût peu de temps après. J'étais reconnaissant pour la viande, car combattre Ziran avait aspiré la vie de mes membres.

"Quel gâchis tu as fait, Reimund," ricana Gotham, envoyant un frisson de répulsion dans ma colonne vertébrale.

Se penchant et ramassant mon livre de contes de fées préféré, il rit cruellement, le feuilletant avec un air renfrogné.

Gotham était petit, voûté, chauve et arborait généralement une expression aigre. Ses vêtements sous sa cape étaient ternes et usés, comme les cheveux filandreux encore accrochés à son cuir chevelu. Le sorcier était si vaporeux qu'il a fait honte à mon corps maigre. Cela m'a au moins plu. Cela rendait ses séances de torture nocturnes consistant à me gratter les cheveux plus supportables.

Le sorcier ressemblait tout à fait à un méchant arraché aux pages de mes contes qu'il feuilletait. Mais maintenant que j'avais quelqu'un d'autre à qui le comparer, Gotham avait l'air pathétique comparé à mon supposé prince charmant.

Avant de rencontrer mon alpha, Gotham semblait tellement terrifiant. Et il l'était toujours. Mais comparé à Ziran, il se sentait comme une tache de merde que je ne pouvais pas effacer plutôt que comme un sinistre cerveau.

Sans ses abondantes capacités magiques, je le frapperais au visage et m'enfuirais. Je me suis frotté les poignets distraitement, me souvenant des mains fortes de Ziran sur mon corps. Cela a déclenché quelque chose de vif dans mon âme, mes phéromones s'échappant. Je me souvenais comment, même en colère, le prétendu prince fae me traitait aussi doucement qu'il le pouvait.

Je pouvais le dire puisque Gotham ne s'est jamais retenu lorsqu'il se battait. Ziran l'avait fait, et cela m'a fait soupirer.

Même le mépris ressemble à de la pitié quand on vit si longtemps avec un fou, pensai-je en portant une cuillerée de soupe à ma bouche.

« Est-ce que tu te remplis encore la tête de contes de fées ? J'ai une histoire pour vous puisque je suis de bonne humeur aujourd'hui. Il était une fois..."

J'ai ignoré Gotham tout en continuant à me couper les cheveux et à remplir son sac de paquets de mes mèches, maintenant vidé de tout ce dont j'avais besoin pour survivre un autre jour. Je connaissais l'histoire qu'il allait raconter. C'était une histoire qui semblait désormais aussi vieille que le monde.

"... une sorcière sans nom a quitté son mari décrépit et est entrée dans la capitale, Tilri."

Je serrai les dents, coupant furieusement, incapable d'ignorer l'histoire familière.

« Née à la campagne, elle connaissait peu les bonnes manières et était probablement analphabète, alors elle est tombée par hasard sur ma propriété privée. Elle contempla un grand bâtiment et, au-delà de ses portes en fer ouvertes, aperçut un champ d'arbustes ornementaux ornant son allée. Enfouie à l'intérieur se trouvait une racine qu'elle n'aurait pas dû avoir, » dit Gotham d'une voix traînante, ricanant comme s'il venait de raconter l'histoire la plus drôle du monde.

Mes yeux se tournèrent vers le rebord de ma fenêtre. J'en avais marre d'entendre mon histoire d'origine pour la énième fois et je me demandais où Ziran avait disparu.

«Ses feuilles fines en cascade et ses fleurs fanées rouge vif ont attiré son œil non averti. Enceinte et affamée, elle est entrée dans mon domaine sans autorisation dans l'espoir de voler des graines pour décorer sa maison horriblement laide. Ou peut-être pour manger. Je ne me souviens pas de ce que voulait ce simplet, » dit Gotham en s'éclaircissant la gorge, chassant les mucosités.

« De toute façon, elle ne savait pas qu'elle avait volé une racine rare et empoisonné son enfant, enceinte du garçon. J'ai promis de la protéger de la couronne si elle me donnait en retour sa première graine, étonné d'apprendre qu'elle avait survécu.

Je n'ai plus bronché à l'idée d'être traité de ça. L'ancien sorcier termina son discours en souriant à pleines dents, heureux d'avoir rempli mon quota pour la nuit. Puis Gotham se pencha en avant avec un doux sourire maladif, pointant son doigt osseux vers mon visage.

« Grâce à moi, tu vis. En retour, vous agissez comme un jardin, un cultivateur vivant pour la magie du prisme dont je vis. Continuez à vous nourrir de la source de mon pouvoir. Mangez à votre faim et devenez fort, petit oméga. Il est maintenant temps de prendre vos médicaments. Et comme je suis de très bonne humeur, je vais même vous laisser un peu d'huile pour masser les ampoules de votre cuir chevelu. Au revoir, douleur », dit Gotham en ricanant.

"Pouah!" J'ai gémi lorsqu'il m'a donné un coup de pied dans le tibia et m'a forcé à m'agenouiller, enroulant une mèche de mes cheveux entre son pouce et son index, ses ciseaux ricochant sur le sol.

« Cette fois, tu as coupé tes cheveux assez courts, alors je vais les laisser pousser jusqu'à ce qu'ils puissent à nouveau gratter le sol de la forêt. Environ une semaine devrait suffire. Demain soir, remplis une petite pochette et jette-la quand j'appelle. Je vais les laisser derrière vous. Encore et encore, accomplissez la tâche jusqu'à ce que vos cheveux soient sains et forts pour que je puisse grimper à nouveau.

J'ai hoché la tête, à genoux, retenant mes larmes. J'ai fait ce qu'on m'a dit, même si je détestais chaque instant. J'avais besoin de médicaments, alors j'ai supporté la douleur et je n'ai pas refusé Gotham alors qu'il me forçait à ouvrir la bouche. Il m'a versé la poudre dans la gorge. Il s'est installé dans mon ventre, me brûlant la gorge, vif et acide.

Ensuite, il a attrapé mon bol, s'est agenouillé pour m'embrasser sur le front et a murmuré : "Bon garçon, Reimund."

J'avais envie de vomir mais j'ai tout bu sans un mot alors qu'il portait le bol à mes lèvres. La soupe aiderait à éliminer la poudre pure de racine de prisme qui me faisait convulser et pleurer toute la nuit quand j'étais bébé et même dans mon enfance.

Quand il eut fini, Gotham prit le sac rempli de mes cheveux et s'enfuit dans mes escaliers arc-en-ciel. Mes cheveux s'arrêtaient à mi-hauteur de la tour, alors il a dû sauter et s'enfuir dans les bois. Une fois qu'il fut parti, je me massai le cuir chevelu, reconnaissant pour le tonique laissé par Gotham, alors que je me reposais sur mon lit.

Maintenant que je savais que mon sort d'invisibilité était pratiquement inutile, tout le combat avait quitté mon corps. J'ai levé mon bras en l'air, retournant ma paume pour bloquer le plafond, la seule chose dans mon champ de vision. Avec un profond soupir, j'ai regardé le symbole de ma liberté, la marque fanée sur ma paume presque invisible. Je suppose que nous avions besoin qu'il soit proche pour qu'il soit présent.

Puis-je faire confiance à ce puissant alpha pour tuer Gotham et sauver la situation ? Ou, aveuglé par cet amour faux et provoqué par la chaleur, écouter les promesses de liberté de Ziran sera-t-il une erreur fatale ?

Seul le temps nous le dirait, révélant les réponses à mes questions silencieuses. J'ai laissé ma main reposer sur ma poitrine, me plaçant sous les couvertures alors que j'étais maintenant gelée.

J'attendais, observant et écoutant chaque jour un signe du retour du prince fae. La plupart des nuits, un petit oiseau chanteur noir se perchait au-dessus de ma fenêtre, apportant un certain réconfort pendant la longue absence de Ziran.

Mais sinon, je me suis retrouvé à espérer un miracle, même si la source de cet espoir éphémère restait manquante.

# CHAPITRE 4

ZIRAN

"Je suppose que je mourrai idiot avant d'être couronné héros, mon roi."

Un vent doux soufflait à travers les arbres de ma petite poche de la puissante forêt de Yurel alors que je m'abritais au-dessus du sol, perché sur une branche. Cela avait duré presque un mois de vigilance constante sur Rei et Gotham, apprenant les routines quotidiennes de ce fou pendant que je traquais mon compagnon la nuit.

Cela semblait assez fou en surface, mais c'était plus ou moins précis. J'ai observé le processus par lequel Rei était nourri avec un régime composé de poudre de racine de prisme presque pure mélangée à de l'eau, du bouillon et un peu de viande lorsqu'il devenait faible et fatigué. L'utilisation que Gotham faisait de ses cheveux était encore inconnue, mais je soupçonnais que c'était pour une sorte de sortilège.

Honnêtement, c'était une barbarie cruelle et tortueuse, car l'essence de la racine pouvait être autant un poison qu'un remède. Mais il semblait que Rei s'était habituée depuis longtemps à la routine. Et, lorsqu'il réalisa que je veillais sur lui, il parut presque content le moment venu, me regardant avec un doux sourire complice à minuit.

La jalousie allait m'empoisonner plus vite que la racine ne pourrait le tuer. Je me sentais jaloux chaque fois que Gotham devenait trop amical avec mon compagnon, le malmenant d'une manière qui n'était ni affectueuse ni froide indifférence. C'était parfois une parodie d'une relation amoureuse entre un père et son fils, des baisers sur le front accompagnés de légères gifles et de réprimandes verbales acerbes.

Mais je devais me rappeler qu'il valait mieux qu'il pose une main plus douce sur Rei plutôt que de le forcer cruellement à exécuter ce qu'il voulait. Et même si je voulais me transformer et lui arracher la tête, mon oméga me regardait toujours attentivement lorsque ma colère montait en flèche, comme pour me mettre en garde.

C'était honteux et pitoyable de ne pas pouvoir défendre Reimund contre ce vieux salopard gâteux. Mais nous savions tous les deux que le salut ne pourrait venir que lorsque je trouverais un moyen de le libérer de sa codépendance à la racine.

Sinon, Reimund périrait avant que nous puissions nous éloigner de la tour. Je le savais, mais cela ne m'a pas rendu moins en colère. Il m'a fallu vingt-cinq ans pour trouver sa cachette. Ce fut un clin d'œil pour un sang pur comme moi, mais toute une vie pour beaucoup d'autres, y compris Reimund.

Même s'il me fallait moins d'un an pour regagner la capitale et assiéger la tour, Rei pourrait être morte d'ici là. Je ne pouvais pas le quitter des yeux, mais je ne pouvais pas le libérer, et cela me conduisait au gouffre de la folie d'être si impuissant à le sauver.

J'étais fou, envisageant de retourner dans le ventre de la bête alors que le soleil se couchait sur Celeste Bay.

Je serais idiot de retourner dans cette tour maudite à la recherche d'un mensonge puisqu'aucun être magique n'y vivait. Seulement un garçon naïf et braillard avec un visage de prince, la voix d'un dieu et une bouche méchante digne d'un scélérat. Il serait préférable de faire rapport au roi, de convoquer une armée si nécessaire et de revenir seulement à ce moment-là.

Et pourtant, comme un imbécile, je me suis retrouvé à voler vers la forteresse de Gotham sous le voile du crépuscule, impatient de libérer une fois pour toutes mon petit feu de l'enfer Reimund Gardiner.

"Tu m'as blessé, Reimund," dis-je alors que j'atteignais le rebord de sa fenêtre vers midi, atterrissant comme un homme dans sa chambre. « Vous avez tendance à me saluer avec un sourire. Pourquoi cette expression méchante aujourd'hui ? Gotham vous a-t-il fait du mal alors que je ne regardais pas ?

"Un sourire? Pourquoi te saluer avec un sourire alors que tu m'as fait attendre si longtemps ton plan, hors-la-loi ? » a-t-il demandé alors que je me hérissais. "Non, Gotham arrive à minuit pile, donc je n'ai pas eu à regarder son horrible visage aujourd'hui. Je ne sais pas pourquoi il était tôt ce soir-là. Et appelle-moi Rei pour la dernière fois, Ziran.

Je ne savais pas pourquoi il me mettait toujours en colère, m'accusant d'être un barbare sans foi ni loi alors que je connaissais la vérité sur mon sang royal. Mais cela ne changeait rien au fait que cela envoyait de la chaleur sur mes joues, me faisant serrer les poings, peut-être parce que c'était plus embarrassant d'être un prince inutile qu'un hors-la-loi inutile devant mon compagnon.

« Vous étiez tellement fougueux lors de notre première rencontre. Mon apparence est-elle si banale maintenant que tu peux à peine m'accorder un coup d'œil ? Ai-je demandé alors qu'il jetait des objets dans un coffre ouvert près de son lit, m'ignorant.

"Peut être. Tu n'es pas grand-chose puisque je te vois tous les jours. De toute façon, je te préfère en tant qu'oiseau," dit Rei, et cette fois, j'ai souri parce qu'il essayait de cacher un petit sourire derrière ses longs cheveux.

"Ah, je vois. Et si je devenais un oiseau et que nous puissions chanter toute la journée ? » Ai-je demandé alors qu'il jouait avec les bibelots inutiles empilés dans sa chambre thésaurisée, les réalignant.

Il était plus soucieux de les faire paraître soignées et organisées au-dessus de lui sur les étagères, que les pièces de monnaie pures à l'intérieur du coffre en dessous de lui. C'était suffisant pour acheter une petite ville. Mais je soupçonnais que l'argent ne signifiait rien pour Reimund, qui n'en avait jamais eu l'utilité. Gotham a probablement volé les pièces du trésor royal lorsqu'il a fui la capitale et les a oubliées.

Assis sur le lit de Rei pendant qu'il nettoyait pour moi, car c'était ce qu'il faisait malgré son attitude, je ne pouvais m'empêcher d'être envahi par la tendresse.

Même lorsqu'il me grondait sévèrement, Rei me regardait avec un tel respect et une telle dévotion que j'ai été forcé de me flétrir, m'apaisant en me disant que le lendemain j'élaborerais un plan. Cela ne signifiait pas que Rei serait enchaînée dans une nouvelle prison, ou pire, sans tête une fois que le roi aurait appris que le sang d'un sang-sang était rempli de la source de notre ancienne magie.

Je devais trouver une solution rapidement – ou, à tout le moins, un moyen de lui remonter le moral. Il pensait que les baisers étaient monnaie courante parce que Gotham ne montrait d'affection que lorsqu'il embrassait Rei, parfois sur le front, la joue et même la main. Si je l'embrassais maintenant, Rei serait aux anges. Mais je voulais lui offrir quelque chose qui ne me plaisait pas aussi.

"N'importe quoi..." dis-je à voix haute, distraitement, me demandant pourquoi j'étais là si je n'avais pas de plan.

« Ziran ! Tu es blessé, » cria Rei, me tirant de mes pensées morbides.

Il tomba à genoux, sa main posée sur mon genou, et je me raidis, sentant une bouffée de son arôme pur alors qu'il inspectait la coupure sur ma main. Les doigts doux de mon oméga pétrissaient ma peau et mon souffle sortait en touffes courtes et raides.

« Tu vois, je t'avais dit que t'asseoir sur des arbres te ferait du mal. Les feuilles d'Everfrost sont épineuses. Fais juste ton nid au-dessus de mon lit comme je l'ai demandé, » dit Rei, me regardant avec ses yeux gris, me souriant enfin gentiment.

Il était beaucoup trop près, partiellement nu, car son corps était recouvert d'une chemise de nuit presque translucide. Je lui avais demandé de commencer à porter des vêtements pour mon bien, et maintenant je préfère qu'il soit nu plutôt que de me tenter avec un aperçu partiel de son corps.

Rei était bien trop négligée en tant qu'oméga, d'autant plus que nous étions des compagnons non accouplés et destinés, aussi oxymorique que cela puisse paraître. Comme je n'avais pas encore scellé notre lien, ma marque ne collerait pas à sa peau lorsque j'étais absent. Cela nous a aidé à dissimuler ma présence ici, mais l'alpha en moi avait besoin de ma marque pour durer.

Je voulais retourner Rei sur le dos et percer son joli trou dégoulinant jusqu'à ce qu'il apprenne le respect et m'accepte comme son compagnon, son alpha et son roi. Avec des pensées aussi mauvaises qui me traversaient la tête chaque nuit, je ne pouvais pas me contenter d'un nid au-dessus de sa tête.

Comme ce lien est étrange et méchant. Je ne savais pas que Reimund Gardiner existait lors de la dernière pleine lune, et maintenant il me semble être la fin de toute l'existence.

Je doutais fortement que le sexe étancherait la soif vorace en moi, mon ornière proche, déstabilisée à cause de notre première rencontre. Mais je pensais que mouiller ma bite éliminerait au moins la brume permanente à l'intérieur de mon cerveau.

J'enfouis mon nez dans ses cheveux soyeux avant que Rei ne puisse protester, me perdant en lui un instant afin de pouvoir me préparer pour une autre nuit passée à comploter.

« Veux-tu t'accoupler, Ziran ? » » Demanda Rei avec désinvolture, ignorant le poids de mon corps.

"Si tel est le cas, c'est votre devoir en tant qu'alpha de me préparer minutieusement d'abord," déclara-t-il à mon grand choc, me guidant sur mon dos alors qu'il chevauchait mes hanches.

Ma bouche battit comme un poisson, récupérant assez longtemps pour demander : « N'es-tu pas vierge ?

« Bien sûr, je suis vierge. Seul un imbécile comme toi s'est aventuré aussi profondément dans ces bois maudits pour me trouver. Ce n'est pas une mince affaire d'échapper à la malédiction de Gotham, » dit Reimund d'un ton neutre, me rabaissant dans le même souffle où il me comblait d'éloges, en me frottant la poitrine. «Mais cette chaleur semble durer depuis notre rencontre. Peut-être pouvons-nous nous entraider d'une autre manière pendant que vous planifiez notre itinéraire de fuite.

Je me couvris le nez, réprimant un gémissement alors qu'il se balançait doucement, frottant contre ma bite, "... toxique. Un oméga qui me séduit ? Ma fierté ne se remettra jamais de ta rencontre, Rei. Et la réponse est non. Pas tant que nous n'aurons pas trouvé un moyen de vous libérer.

« Mon odeur est-elle toxique pour vous ? » demanda Rei, paniquée.

« Non, c'est un petit oméga enivrant. Ça me donne envie de me reproduire... »

Ce petit cul serré n'a pas été dit alors que je frappais ma main contre ma bouche si fort que je pouvais sentir mes dents claquer. Alarmé, j'ai repoussé Rei alors que son odeur inondait la pièce, m'asseyant pour me vider la tête.

Si la joie de voir un arc-en-ciel ou de regarder le soleil levant pouvait être distillée en phéromone, j'appellerais cela celle de Reimund. C'était une pure joie, l'essence de tout ce qui est bon et juste, qui me conduisait à mon point de rupture. J'ai avalé difficilement, déterminé à penser avec ma tête plutôt qu'avec le mini-diable tendu contre mon pantalon.

« Alors nous devrions nous accoupler. Ça fera du bien à nous deux. J'adore ton parfum, Ziran. J'espère que tu aimes le mien. Est-ce que tu?" » demanda-t-il innocemment, beaucoup trop avidement et innocemment, en s'appuyant sur mon dos.

« Non, ça... L'accouplement change fondamentalement un oméga. Et un alpha aussi. Et pour un fou qui cherche le contrôle ultime... » Je m'interrompis alors qu'il jetait une partie de ses cheveux par-dessus sa petite épaule.

"Prendre en charge mon corps est la trahison ultime", termina Rei en soupirant. « Mais je ne vois pas en quoi le céder à un vagabond serait un pas dans la bonne direction. Néanmoins, nous sommes amis, donc ça devrait aller.

Je me suis moqué. Moi, un vagabond ? Ses accusations étaient si loin de la vérité que je ne pouvais même pas rire. Mais je savais qu'il était sincère quand je regardais son regard glacial, le gris se fondant dans une chaude teinte argentée.

"Et alors ? Tu veux que je te réclame en premier ? Ai-je demandé, le taquinant un peu, sachant que je jouais avec le feu avant de le dire.

« Réclamez-moi ? Me conquérir ? Vous, les alphas, aboiez tous, sans morsure dans la vraie vie, tout comme les histoires. Tu ne peux pas prendre librement ce que je te cède, Ziran, » dit Rei, les paupières fermées, se penchant alors que son souffle effleurait mes lèvres.

Je me raidis instantanément, ne sachant pas quoi faire. Il était évident qu'il me séduisait. Ou peut-être que ce n'était pas évident pour lui, car tout ce qu'il disait était si sérieux que je ne pouvais pas deviner ses intentions.

Peut-être qu'il voulait me donner sa virginité, mais une voix me disait que Rei ne comprenait pas ce que cela signifiait. Il pourrait penser qu'il s'agit d'un échange, tout comme ses doux baisers, même si j'insistais sur le fait que l'intimité n'était pas une monnaie en soi, du moins entre des partenaires destinés au destin.

« Très bien, donne-le-moi quand le moment sera venu. Je serais honoré de te voir s'effondrer sous mon contact, » grognai-je, la main atterrissant sur la poitrine de mon oméga avant de glisser le long de son ventre et de le repousser.

« Mais pas maintenant. En ce moment, nous testons les choses. J'ai suivi Gotham, observé ses mouvements. Ses frontières ne sont pas cohérentes. Il les renforce avec votre magie, mais pas d'un seul coup.

Je me raidis instantanément, ne sachant pas quoi faire. Il était évident qu'il me séduisait. Ou peut-être que ce n'était pas évident pour lui, car tout ce qu'il disait était si sérieux que je ne pouvais pas deviner ses intentions.

Peut-être qu'il voulait me donner sa virginité, mais une voix me disait que Rei ne comprenait pas ce que cela signifiait. Il pourrait penser qu'il s'agit d'un échange, tout comme ses doux baisers, même si j'insistais sur le fait que l'intimité n'était pas une monnaie en soi, du moins entre des partenaires destinés au destin.

« Très bien, donne-le-moi quand le moment sera venu. Je serais honoré de te voir s'effondrer sous mon contact, » grognai-je, la main atterrissant sur la poitrine de mon oméga avant de glisser le long de son ventre et de le repousser.

« Mais pas maintenant. En ce moment, nous testons les choses. J'ai suivi Gotham, observé ses mouvements. Ses frontières ne sont pas cohérentes. Il les renforce avec votre magie, mais pas d'un seul coup.

"Donc?" Murmura Rei, enroulant sa main autour de la mienne tandis que je continuais à serrer son ventre, me demandant à quel point ce serait glorieux d'enfouir ma bite si profondément à l'intérieur que je pourrais me sentir le baiser là.

Merde, cette putain d'ornière !

« Nous tentons donc de nous échapper par une route qu'il n'a pas renforcée. J'appellerai des renforts dès que nous serons proches de Tilri, » mentis-je, sachant que nous ne pourrions probablement atteindre que la baie, mais au moins cela me donnerait une idée de combien de temps il pourrait tenir.

« La capitale Élohime ! » Cria Rei, excité, joignant les mains.

« Oui, celui-là. Une fois que j'aurai les muscles dont j'ai besoin, nous nous débarrasserons de Gotham.

"Et puis je serai libre?" Les yeux de Rei brillaient de joie, même si je pouvais dire, il pouvait dire que ce jour n'était pas aujourd'hui.

"Eh bien..." J'ai trébuché sur mes mots, sachant que je ne pouvais pas lui dire la vérité. "Oui. Libre de lui.

C'était une vérité et un mensonge, et tout ce que je pouvais offrir à Rei sans admettre que je n'étais pas meilleur que son ravisseur. Le roi, mon aîné, m'a envoyé tuer Gotham et amener Rei enchaînée, et je ne ferais jamais cela, donc ma mission resterait incomplète.

Rei hocha la tête : « Très bien. D'accord. Je suis prêt à essayer. Au sol, vous devrez m'aider à relever mes cheveux pour pouvoir marcher. Heureusement, il en consomme des quantités massives lors de ses récoltes nocturnes. C'est à mes chevilles ce soir, le plus court depuis des années... Oh, c'est vrai, Ziran ?

"Hein?" Ai-je demandé, haletant doucement.

« Pourquoi ne pas prendre mes escaliers ? Grimpe sur mes cheveux, je veux dire. Vous devez utiliser tellement d'énergie pour rester un oiseau. Ce sera plus facile si nos plans échouent », a-t-il déclaré.

« Tu penses déjà que je vais échouer, hein ? » J'ai demandé.

"Non jamais. Tu ne m'as jamais déçu une seule fois depuis notre rencontre. L'échec de nos plans ne signifie pas que tu m'as fait échouer, mon alpha. Gotham est juste plus fort que notre volonté... pour l'instant, " dit Rei avec un sourire.

Cela m'ennuyait d'être considéré comme inférieur par ce méchant vieil homme, mais cela me réchauffait le cœur que Rei comprenne ma loyauté envers lui. Et qu'il m'appelait son alpha.

« Qu'est-ce que ça te fait de monter tes escaliers alors ? » Dis-je alors que nous nous levions.

« Je pense qu'il vaut mieux que tu grimpes comme lui. Vous semblez plus fatigué chaque nuit, gardant cette forme d'oiseau chanteur. Pourquoi ne pas utiliser mes cheveux ? Rei répéta la question ridicule. "Vider votre magie n'est pas sage."

« Quoi qu'il en soit, ça te fait encore plus mal de grimper sur tes cheveux. Et la seule entrée de la tour est scellée par une magie si dense que je zapperais mes pouvoirs pendant un an pour la briser. Moi, la royauté Elohime. Donc je sais que ce vieil homme a assez de pouvoir pour venir ici sans t'arracher les cheveux. Gotham fait ça pour te faire du mal. Connais-tu ceci? Pourquoi ferais-je ce qu'il fait alors que je peux voler jusqu'à votre fenêtre à la place ? »

« Bien sûr, il fait ça pour me faire du mal. Je suis naïf, pas stupide, tu te souviens de Ziran ? En plus, Gotham n'en avait jamais l'habitude, » dit Rei en désignant la porte verrouillée de la chambre. «Il avait l'habitude de prendre les escaliers jusqu'à notre combat, quand il m'a enfermé. Cela ne change rien au fait que vous devriez faire de même, car escalader la tour est impossible à mains nues. Ou devrais-je dire ganté ?

"Arrêtez de plaisanter", murmurai-je alors que nous nous approchions de la fenêtre.

"Pourquoi ? Cela ne vous fait-il pas de mal d'utiliser votre énergie de cette façon ? » il m'a posé à nouveau la question exaspérante comme si utiliser ses cheveux était une tâche facile pour lui.

J'ai haussé un sourcil, sûr que ma confusion et ma colère ne pouvaient pas être masquées. « Bien sûr, c'est le cas, mais vous faire du mal n'est pas la solution. Si le plan échoue, nous en attacherons quelques-uns à cette poignée de porte pour que vous puissiez remonter vous-même. Utilisez-le aussi pour remplir son sac. J'utiliserai tout ce que je peux pour vous protéger de son travail d'ombre et me frayer un chemin jusqu'au sol. Équitable ?"

"Juste, alpha."

Rei hocha la tête, rentrant son menton dans son cou pour que sa corne soit au niveau de mes lèvres. Pour une raison inconnue, je voulais l'embrasser et le sucer, pas parce que sa chaleur m'excitait. Non, une envie plus douce a surgi en moi, une envie de protection que j'ai attribuée à mes instincts d'alpha.

Ensuite, j'ai sauté par la fenêtre avant de faire quelque chose d'imprudent. Mon cœur s'est envolé lorsque j'ai finalement atteint le sol, me reformant du brouillard de mon sort.

"N'oubliez pas de nouer le bout", ai-je crié, et il a hoché la tête avec des ciseaux enchantés.

J'ai évité les cheveux de Reimund, qui tombaient sur le rebord et pendaient juste au-dessus de ma tête. Comme je l'avais demandé, il a attaché l'autre extrémité à la porte verrouillée par Gotham, puis, avec hésitation, mon compagnon est sorti.

Il protégeait ses yeux des rayons du soleil, et ceux-ci frappaient sa peau comme des cristaux dansant sur sa peau blanche comme neige.

"Viens à moi", dis-je en levant les bras alors qu'il me souriait, si radieux que je me sentais aveuglé.

Rei était restée coincée à l'intérieur depuis trop longtemps. Il savourait la lumière du soleil, ravi, glissant rapidement sa tresse arc-en-ciel dans ma direction avec un sourire.

# CHAPITRE 5

RI

Je devais admettre que, malgré mes réserves, Ziran était en effet un grand aventurier. Il a pris le poids de mon corps effondré, littéralement au bout de ma corde, sans même plier les genoux.

Mon alpha m'a tenu fermement dans son étreinte forte, tirant sur l'extrémité de mes cheveux attachés pour garantir qu'ils tiennent. Puis, d'un coup rapide dans les airs, il a laissé derrière lui la corde nécessaire pour me ramener dans mon antre.

Mes mèches arc-en-ciel coupées ont plu, s'arrêtant près de mes chevilles. Ce n'était pas grave ; Comme Gotham avait accumulé une grande partie de mes cheveux ces derniers temps, il apprécierait probablement de les rendre plus faciles à prendre.

Chuchotant un enchantement, j'ai regardé avec étonnement mon alpha lancer un véritable sort d'invisibilité, et mes cheveux se fondre dans la pierre grise, parfaitement déguisés.

« Au cas où il patrouillerait tôt. Cependant, nous allons nous battre s'il le fait de toute façon. Maintenant viens," dit Ziran en m'asseyant par terre.

J'ai remué mes orteils dans l'herbe et je me suis senti à nouveau comme un enfant. Mais ensuite je rougis lorsque Ziran se laissa tomber et souleva mon pied sur sa cuisse puis sur l'autre, après avoir mis ses bottes sur mes pieds pour les protéger. Ils étaient trop grands, mais cela n'avait pas d'importance car mon alpha marchait pour que je puisse suivre son rythme. Nous avons marché main dans la main à travers les bois lors d'une promenade nocturne comme un couple plutôt que comme une paire d'évadés, ses bottes chaudes sinon bien ajustées à mes pieds.

J'ai été impressionné par le changement radical de mon environnement au cours du quart de siècle qui s'est écoulé depuis mon emprisonnement. Les terres peu peuplées regorgent désormais de vie, avec divers jardins méticuleusement entretenus s'étendant à perte de vue.

Curieusement, tout dans les jardins semblait être ce que je mangeais, une étrange racine fleurie de Gotham réduite en poussière et roulée en friandises pâteuses en de rares occasions – la racine de prisme. Le sorcier récupérait la viande de l'anima dans les champs. C'était assez évident. Il semblait impossible que Gotham entretienne tout ce territoire tout seul, mais cela ne me dérangeait pas trop car j'entendais de l'eau couler dans mes oreilles.

"Où sommes-nous?" Ai-je demandé alors que nous tournions un virage, les collines s'aplatissant à mesure que nous approchions de ce que je pensais être Celeste Bay.

Ziran haussa un sourcil et me regarda : « Tu ne sais pas ? Tu m'as dit que Gotham te permettait d'aller aussi loin.

« C'est juste que... ça a l'air différent des terres de Gotham. Même la baie, l'océan et les îles au-delà semblent si différents », ai-je dit.

« Ma terre », corrigea Ziran, et je ne pus m'empêcher de hausser les épaules.

Lui ou pas, il ne le contrôlait pas, donc je ne pouvais pas prendre les affirmations de Ziran aussi au sérieux.

"Attention", dit Ziran, soulevant l'ourlet de ma chemise de nuit avant qu'elle ne traîne dans une zone boueuse au sol, là où le sol de la forêt rencontrait le sable.

"Merci", murmurai-je en m'accrochant à lui. La méconnaissance de ce qui était autrefois les sentiers de randonnée de mon enfance me déstabilisait.

« Pour répondre à votre question, il s'agit simplement de la nature sauvage de Tilri, une grande forêt appelée Yurel qui s'étend à travers le continent. Mais vous êtes toujours dans le Royaume des Elohime, ce qui signifie que je dirige ce pays.

J'ai hoché la tête et nous sommes tombés dans un silence confortable jusqu'à ce que finalement, après un long moment, nous émergions près de la baie.

J'ai inspiré profondément alors que Ziran se séparait de moi, levant les bras pour admirer les rayons du soleil glorieux. Cela faisait tellement d'années que je n'avais pas eu la chance de ressentir la chaleur de la bénédiction de Solara, cela me semblait presque étranger.

J'avais aussi chaud, et pas seulement à cause du soleil. Je ne pus m'empêcher de rougir à la vue du dos et de la poitrine nus, larges et brun foncé de mon alpha. Il se détourna de moi alors que Ziran se déshabillait jusqu'aux chevilles dans l'eau cristalline du puissant océan de Zira, les îles Soulflare flanquant la gauche et la droite de mon alpha.

Le vent secouait ses cheveux couleur de nuit, et un énorme sourire était sur son visage alors que Ziran se tournait vers moi, faisant paraître le fae aîné beaucoup plus jeune que d'habitude. Mon cœur manqua un battement et je serrai les poings dans ma robe. Puis je suis revenu à ses côtés pendant que nous nous contentions de nous éclabousser dans l'eau pendant un moment.

Pour une raison que je ne pouvais pas nommer, être observé par Ziran était presque plus énervant que d'être sous la surveillance constante de Gotham. Mais pas pour la même raison. La chaleur dans son regard était écrasante.

Lorsque nous avons finalement terminé notre pièce, Ziran m'a exhorté à m'asseoir près du rivage.

Me laissant tomber à côté de lui, j'écartai largement mes pieds, croisant les bras derrière ma tête alors que je m'étirais de la tête aux pieds, détendu.

« Alors, à propos de Gotham. J'ai suivi ses mouvements et les vôtres, comme je l'ai déjà dit. Mais il disparaît d'une manière qu'il ne devrait pas lorsque j'enquête. Alors pardonne ce deuxième mensonge », dit Ziran avec une grimace alors que je m'asseyais pour écouter attentivement.

« Alors, à propos de Gotham. J'ai suivi ses mouvements et les vôtres, comme je l'ai déjà dit. Mais il disparaît d'une manière qu'il ne devrait pas lorsque j'enquête. Alors pardonne ce deuxième mensonge », dit Ziran avec une grimace alors que je m'asseyais pour écouter attentivement.

«Je voulais te rendre un peu heureuse, Rei. Mais nous ne pouvons pas fuir maintenant. Je reviendrai avec un plan au plus tard demain après avoir vu ce qu'il construit près de la baie. Sa cachette est enterrée par ici, mais pas assez près pour être consumée par la peur », a-t-il déclaré en désignant une petite enclave à l'extrême droite.

« J'ai construit un bateau en secret et je crains de devoir en informer le roi. Mais tu seras en danger si je le fais. Donc si je le dois, vous devez courir, faire traverser ce bateau au rivage. C'est dangereux, mais le bain est ici plus mince, les eaux sont baignables. Cache-toi jusqu'à ce que je revienne te chercher. Vous serez malade, j'imagine, mais vous pourrez tenir le coup car cet endroit est toujours sous le charme de Gotham. Accrochez-vous suffisamment longtemps pour faire des allers-retours au besoin pour vous nourrir de la racine », a avoué Ziran.

J'acquiesçai, satisfait, croyant en Ziran ne serait-ce que pour manifester un nouveau destin. Même si ce n'était pas vrai. Au fond, je savais qu'il cachait des secrets, mais il les cachait pour me protéger plutôt que pour me blesser, comme Gotham l'avait toujours fait.

Donc, j'ai vraiment cru en lui. Je devais arrêter de les comparer car cela faisait mal à Ziran d'être comparé à ce monstre. Mais chaque comparaison renforçait mon désir d'être avec mon alpha.

"Je vous en prie. Pendant le quartier de lune, il est toujours de mauvaise humeur, dis-je en secouant la tête en prévision de l'agonie. "Alors découvrez bientôt ce qu'il fait."

Le visage de Ziran se durcit, sa magie s'enroulant autour de moi de manière protectrice, des ombres en forme de petites mains pressées contre mon corps. La vue était plutôt horrible, mais elle me remplissait de chaleur, vu que c'était la manière silencieuse de Ziran de vouloir me protéger.

« ...Que te fait le fou pendant le quart de lune ? » demanda Ziran lentement, timidement.

« Je suis content que tu n'aies pas demandé pourquoi puisque je ne sais pas. Mais Gotham aime jouer à des petits jeux, » dis-je, ne voulant pas en dire beaucoup plus, mais je me sentais obligé de le faire lorsque je regardais l'expression sereine de Ziran.

« Il va tirer plus fort sur mes cheveux. Me torturer avec l'abandon de mes parents et la mort de la nourrice qu'il a kidnappée quand j'étais petite pour prendre soin de moi. Gotham dit qu'il m'abandonnera pour mourir sans remède contre le poison présent dans mon corps. Je dépéris dans cette tour, tout seul, où personne ne me trouvera. Et quand les jeux d'esprit ne suffisent pas... parfois... Il... »

« Vous fait une overdose de remède », Ziran termina ma phrase, et mes yeux s'écarquillèrent sous le choc.

Il grimaça, furieux en mon nom, alors qu'il passait un bras autour de mon épaule et me tirait à l'intérieur. Faisant attention à éviter ma corne, mon alpha me plaça sous son menton.

"Comment le saviez-vous?" J'ai demandé.

"C'est une vieille pratique de notre peuple, de la royauté Elohimen, de torturer les traîtres et les criminels avec des primes élevées sur la tête", a murmuré Ziran.

J'ai toujours adoré la façon dont il parlait de notre peuple, même si j'étais un simple quarter blood. Je serrai sa poitrine contre son cœur, reniflant doucement.

« Comme c'est horrible de penser à son petit corps secoué par des convulsions. Oh, doux oméga, tu n'as plus longtemps à souffrir. Je vous le promets.

Cela ne semblait pas si horrible jusqu'à ce que je le dise à voix haute. Donner la parole aux crises et aux abus a aggravé la situation, d'une manière ou d'une autre.

"Je suis désolé, Rei," murmura Ziran en caressant mes paupières avec sa main.

Mais pourquoi s'excuse-t-il ? Oh, attendez. Oh non!

Furieusement, j'ai essuyé les larmes qui me montaient aux yeux.

Il sourit, vraiment d'une oreille à l'autre, tandis que j'inspirais profondément. Il avait l'air enfantin et détendu, à l'opposé du Ziran sévère auquel j'étais habitué. Je rougis et détournai le regard alors qu'il me secouait les cheveux comme un enfant.

« Co-roi ? Nous préférons un co-dirigeant si un alpha et un oméga partagent le même sexe. Et oui, nous serons co-dirigeants », a déclaré Ziran avec certitude. "Assez tôt. Cependant, vu à quel point vos cheveux sont fanés et votre respiration difficile, je suppose que ce sont les limites extrêmes que je peux vous emmener sans tuer Gotham au préalable, briser sa malédiction sur ces terres et, plus important encore, guérir votre sang de l'empoisonnement des racines de prisme.

Je n'avais même pas remarqué ma respiration difficile jusqu'à ce qu'il me rappelle à quel point il était difficile de respirer. Ziran a soulevé une longue mèche de cheveux qui tombait de mon chignon tressé élaboré, que j'avais tressé pendant que nous discutions sur le rivage.

Effectivement, la mèche qu'il a laissée glisser entre ses longs doigts aurait dû être d'une couleur arc-en-ciel brillante. Cependant, c'était une blonde terne et sale qui devenait grise.

"Tu as raison. C'est ma limite pour l'instant, » murmurai-je, vaincu, nous ne pouvions pas simplement faire une pause.

Cela faisait si longtemps que Gotham ne m'avait pas autorisé à sortir de la tour que même la lumière du soleil déclinant sur ma peau me paraissait étrange et surnaturelle. J'avais envie de plus, et aussi embarrassant que cela puisse être de l'admettre, de passer plus de temps avec mon alpha.

"La lune poursuit le soleil et les ombres guident leur voyage", lâcha Ziran en me prenant doucement la joue. «Lulana, Solara et leur frère-star Nocturnos ont mis notre monde en mouvement. Ils ont également créé ce lien précieux partagé entre partenaires. Alors ne désespérez pas ; Je resterai à tes côtés jusqu'à ce qu'il soit temps de m'échapper.

"Il y a un frère dieu étoile?" Ai-je demandé, ignorant délibérément la fin de sa phrase, espérant que je ne devenais pas rouge vif comme le soleil couchant. "Je n'ai entendu parler que du culte des sœurs."

« Nous sommes les seuls à l'adorer, c'est pourquoi son nom est oublié dans la plupart des chroniques. Trop ancien pour de tels êtres temporels », a déclaré Ziran, et j'ai eu le sentiment qu'il m'incluait dans ce nous.

« Vous êtes parfois sage – plus sage que vous ne le prétendez. Ou peut-être que je suis juste naïf," dis-je, et à mon carnage, il rit avec un sourcil levé.

« Vous êtes naïf mais intelligent et courageux au-delà de toute mesure. Ne te sous-estime pas, Reimund.

Je fronçai les sourcils, ne voulant pas entendre mon nom complet sortir de ses lèvres. J'ai plutôt aimé le son de Rei et les étincelles de chaleur qui se sont allumées dans ma poitrine lorsqu'il m'a appelé par le seul nom auquel je voulais répondre. C'était ma petite rébellion contre mes parents inutiles et le méchant sorcier qui m'avait nommé Reimund.

« C'est assez beau. Honnêtement, magnifique, » dis-je en regardant l'eau cristalline de Celeste Bay et en me détournant brièvement de Ziran.

"Oui très beau. À couper le souffle, même.

Je lui souris en signe d'accord, surprise de voir le regard améthyste de Ziran fixé sur mon visage, pas sur la baie.

« ...Tu convoites juste ma magie. Mon corps, alpha. Je le sais, donc tu n'as pas à me prendre pour un imbécile, » murmurai-je, tout en glissant ma main sur le sable pour que le bout de nos doigts se touchent. "Et si tu me guidais dans les voies de la magie ou quelque chose d'utile avant de nous séparer au lieu de mentir encore."

« Vous plaisantez sûrement ? Je faisais juste un commentaire sur la nature », mentit Ziran avec un sourire narquois alors que je riais. « Mais j'aimerais aussi profiter de votre bonne humeur. Tu es belle. Tu es bien plus beau quand tu n'essayes pas de me couper la tête.

J'ai ri plus fort cette fois-là. Ce son m'a choqué, car je riais rarement en ces jours terribles.

« Eh bien, assez de ça. Dépêchons-nous avant que vous ne perdiez vos forces », a déclaré Ziran en se levant.

Il tendit la main pour attraper ma main tendue, frottant doucement mes jointures.

"Mais d'abord, tu as dit que tu voulais que je sois ton guide. Alors laissez-moi vous apprendre quelques principes fondamentaux de notre magie, pas les sorts inutiles que vous avez appris dans vos livres.

J'ai froncé les sourcils mais j'ai fait ce qu'on m'a dit. En me levant, Ziran m'a fait pivoter jusqu'à ce que mon dos soit contre sa poitrine et que mes yeux soient tournés vers Celeste Bay. Ses mains glissèrent le long de mes bras, prenant mes mains tendues alors qu'il déplaçait lentement mon corps au rythme des vagues s'écrasant contre le rivage.

« Réflexion et absorption. Lumière et ténèbres. Poussez... »murmura Ziran, la paume de sa main à plat contre mon ventre alors qu'il me tirait en arrière jusqu'à ce que mes fesses soient fermement plantées sur son érection. « Et tire. Ce sont les principes fondamentaux de la magie des ombres.

« Qu'en est-il de la magie légère ? Elohimen ne pratique-t-il pas les deux ? » demandai-je en balbutiant, une chaleur bien trop familière s'accumulant dans mon ventre là où sa paume était appuyée.

« C'est vrai, mais mes ancêtres sont les maîtres des ombres, pas de la lumière. L'un est plus en harmonie avec la lune et l'autre avec le soleil, mais ils sont identiques, comme une paume gauche et une paume droite.

"Eh bien, merci pour la leçon inutile", me moquai-je, alors même qu'une agréable sensation de picotement parcourait ma colonne vertébrale. « Je ne pense pas que je maîtriserai la magie des ombres avec ta petite leçon, mais elle est révélatrice. Je suppose."

"À tout moment", a-t-il lancé.

« Vous êtes assez arrogant. Mais je dois admettre que j'aime aussi cette partie de toi," murmurai-je.

J'ai tressailli lorsque ses lèvres se sont posées contre mon oreille. "Seulement comme ça ? Encore une fois, tu m'as blessé, Rei... »

Mes yeux se fermèrent, se balançant dans son étreinte, tandis que je respirais profondément et absorbais le son, les odeurs et le goût de la baie et de la forêt qui m'entouraient.

Ziran aussi, imprimant sa forme et son parfum dans ma mémoire.

«Je pourrais t'apprendre bien plus de choses. Une fois que tu pourras venir avec moi, » promit Ziran, les lèvres toujours pressées contre mon oreille.

Malgré la bonne humeur entre nous, j'étais soudain déprimé, me rappelant que je devrais très bientôt retourner dans mon donjon dans le ciel, enfermé, séparé de Ziran.

Cela me faisait encore plus mal de ne pas pouvoir l'avoir à mes côtés autrement que lorsqu'il n'était qu'un oiseau.

"Il est temps de revenir", murmura-t-il, nos corps se fondirent à nouveau. "Vraiment, cette fois."

Je devenais accro à sa chaleur et aux lignes dures de ses muscles contre ma chair. J'avais envie de pleurnicher comme un enfant, de le supplier de rester.

Mais c'était tellement accablant. Je n'avais rien à mon actif, pas d'argent en poche. Je ne savais même pas que le métal que j'avais caché s'appelait luneria, une forme de monnaie, jusqu'à ce que je rencontre Ziran. Il a dit que cela valait beaucoup à Tilri, mais que m'y rendre était impossible, surtout en trimballant un lourd coffre rempli de métal.

J'étais plus qu'abrité, à peine plus qu'un enfant qui serait dévoré par les loups-garous qui parcouraient les bois si j'y allais seul.

Plus important encore, ai-je pensé alors que mes cheveux flottaient au vent, perdant de plus en plus leur éclat, passant d'un arc-en-ciel à un gris terne... Je mourrai si je reste longtemps loin de la tour.

S'enfuir ne serait possible que lorsque Ziran pourrait garantir ma vie avec son sort – un sort que je n'étais pas sûr qu'il puisse créer, mais il était sûr qu'il le pouvait.

"Attends", dis-je en tirant sur sa manche juste avant de rentrer dans la forêt.

J'étais perdu dans mes pensées alors qu'il me tirait. Ziran m'avait pratiquement traîné hors du rivage, paniqué lorsqu'une touffe de mes cheveux tombait, entièrement grise alors que nous nous balancions sur le rivage.

« Nous ne pouvons plus attendre, Rei, tu... Rei ? »

Avant qu'il ne puisse continuer, j'ai tiré Ziran par le col et j'ai incliné la tête pour éviter de lui crever l'œil. Nous nous sommes à nouveau embrassés brièvement, et cela a semblé comme un coup de foudre.

Ziran m'a repoussé comme il l'avait fait auparavant, mais j'ai continué jusqu'à ce que son dos soit contre un arbre, frottant contre son érection correspondante, désespéré d'avoir un peu de soulagement.

« Tu es mon sujet, Rei. Et surtout, mon oméga. Vous m'honorez de votre désir. Je ne te ferai pas attendre plus longtemps pour t'emmener. Vous tous. Je vais suivre le sorcier et voir ce qu'il prévoit. Ensuite, je reviendrai. Nous n'avons pas le temps pour... ça, » murmura Ziran, même s'il serrait mes bras avec suffisamment de force pour me blesser.

"Ce qui est donné gratuitement ne peut être pris", murmurai-je alors qu'il gémissait contre mes lèvres. «Je veux te le donner. Faites-moi plaisir juste pour une fois, Ziran.

"... Alors attrape ma bite et arrête de me taquiner, Rei, si tu penses ce que tu dis," grogna-t-il, me choquant.

Mais j'ai accepté avec plaisir, maladroit alors que je jouais avec son pantalon et le mien jusqu'à ce que nos deux tiges jaillissent. J'ai haleté devant sa taille, presque deux fois plus longue, épaisse et sombre. » Je taquinai la tête, ne sachant pas du tout comment plaire à un alpha. Mais Ziran a pris les choses en main, nous faisant tourner jusqu'à ce que je sois dos à l'arbre.

On dit que c'est une douce torture de toucher sans entrer dans son amant ni être entré. Dans mes livres en tout cas. Mais ce sentiment qui s'épanouissait en moi alors que nos tiges lisses se pressaient l'une contre l'autre, la grosse main rugueuse de Ziran glissant de haut en bas, de haut en bas dans un rythme exaspérant, me semblait presque divine.

« Ah ! Ahh ! » Je gémis, me délectant du son bâclé de nos bites dures lissées et dégoulinantes, agrippant les épaules de mon alpha.

Ziran se mordit la lèvre, fermant les yeux et finalement, il explosa. J'ai fait la même chose peu de temps après, notre essence mélangée tachant nos vêtements et nos mains.

« Vilain petit oméga. Putain. Je voulais apaiser tes inquiétudes pendant un moment, pas ajouter aux miennes, m'imaginant en toi toute la nuit. Cette récompense pour l'évasion est-elle retardée ? Me piéger dans un enfer ennuyeux en rêvant de ma bite enfouie dans ton petit trou serré et humide ?

J'ai dégluti, haletant lourdement, me demandant si Ziran allait écarter mes jambes et me plaquer contre l'arbre sur-le-champ. Il ne parlait jamais comme avant, et maintenant je voulais qu'il parle comme ça tout le temps, si désespéré et sale.

Peut-être qu'il vaudrait mieux mourir dans ses bras au milieu d'un orgasme plutôt que d'être à nouveau enfermé.

Nous nous sommes embrassés et ça avait le goût du paradis. Son parfum s'enroula autour de moi comme des ailes, me soulevant vers le ciel alors que je m'affalais contre l'arbre. Puis j'ai réalisé que Ziran m'avait de nouveau pris dans ses bras, me ramenant tranquillement à ma prison.

Ma douce illusion était brisée pour le moment. Mais ce goût de liberté perdurerait pour toujours, même si le fait d'être dans ses bras était de courte durée.

"Bonne nuit, Rei," dit Ziran en me réinstallant sur mon lit. "Lavez mon essence loin de vous et ne la laissez pas pénétrer à l'intérieur."

J'étais tellement désossé qu'il a dû me porter avec ses ailes, allant à l'encontre du but recherché en laissant derrière lui une échelle. Il l'a récupéré pour moi aussi, silencieux et haletant de désir.

"Bonne nuit, Ziran," murmurai-je, et il se pencha, ses cheveux noirs bouclés effleurant mon nez. "Je t'attendrai."

Il pencha la tête sur le côté, une habitude que je commençais à trouver attachante. Puis il m'embrassa doucement sur le front d'une manière qui me fit fondre intérieurement.

Et sur ce, Ziran sauta du balcon de ma tour. J'ai regardé son corps se dissoudre dans les ombres, se transformant en une volée de merles qui s'envolaient haut dans le ciel nocturne.

Mon cœur était lourd mais entier alors qu'il disparaissait au-dessus de l'horizon sombre.

Je savais que je ne devrais pas. Ziran m'a averti de me laver les mains et de me reposer. Mais tout au long de la soirée jusqu'à minuit, je n'ai pu m'empêcher de me toucher, laissant une trace de son essence en moi, au moment même où Ziran abandonnait la moitié de son âme.

Je m'y accrochais, jouissant encore et encore, revivant la vue de mon alpha se défaire alors que je me caressais et me touchais au souvenir d'être chez moi dans ses bras jusqu'à ce que le son de la voix de ce méchant salaud s'élève haut dans le ciel.

« Reimund. Reimund... » J'ai noyé le reste de ses demandes angoissantes.

J'ai déguisé mes cheveux coupés jusqu'à ce qu'il soit proche, faisant semblant de couper la corde une fois qu'il était près de la fenêtre. Le rituel nocturne de Gotham consistant à grimper sur mes cheveux était plus cruel cette nuit-là. Il devrait avoir la maîtrise de la lumière et des ténèbres comme Ziran, qui a refusé de m'utiliser comme un outil, même à son détriment.

Je me suis coupé les cheveux, balayant les mèches tombées sans me soucier du monde. Gotham m'a regardé, sa vision remplie de venin, alors que je rassemblais au hasard ma prime pour lui. Il voulait encore plus que ce que je coupais jusqu'à ce que mes cheveux soient un carré blond sale.

Il n'est pas venu avec de la nourriture ce soir-là, donc j'étais censé mourir de faim, mais il n'a rien fait d'autre qui puisse me faire du mal sous le quart de lune, à mon grand soulagement.

« Tu ferais mieux d'avoir de la chance que j'aie gaspillé mon énergie à combattre un prédateur. Cette foutue bête ailée m'a donné un bon combat, donc je n'ai pas envie de gaspiller plus d'énergie avec toi.

Il me fallut tout pour ne pas rire aux éclats, sachant sans avoir à confirmer que Ziran l'avait violemment battu sous la forme d'un oiseau. Cela me rendait tellement heureux d'être défendu que j'ai commencé à fredonner de plaisir, ce qui n'a fait qu'énerver davantage Gotham.

Peut-être que mon audace pouvait être attribuée à la stupidité, mais je l'ai pris comme si mon courage me revenait enfin. Gotham semblait faible et insignifiant après toutes les merveilles que j'avais ressenties, entendues, senties et vues au cours des quelques heures où j'avais été libre de cette tour étouffante.

J'ai compté les heures, les minutes et les secondes jusqu'à la prochaine arrivée de Ziran, plus confiant que jamais, la liberté était à l'horizon.

# CHAPITRE 6

ZIRAN

Traquer Gotham n'était pas la façon dont j'avais prévu de passer cette visite à Rei, mais je n'avais pas le choix alors que je me fondais dans l'ombre, utilisant ma magie pour traquer le sorcier. Ma maîtrise de la magie des ombres était supérieure à celle de la plupart des autres, mais je sentais quelque chose de maléfique, quelque chose d'ancien, caché à l'intérieur du vieil homme voûté. Comme d'habitude, je l'ai suivi jusqu'à la baie comme un oiseau, mais j'ai senti sur moi des yeux qui ne devraient pas être là.

Gotham a emprunté le même chemin que Rei et moi avions emprunté environ deux mois auparavant. Même après avoir transmis un message au roi et appris qu'ils étaient en route, en faisant appel à des magiciens de la cour pour accélérer leur voyage, mes plans devaient encore être complétés et j'ai refusé de partir.

Je n'avais pas de choix; J'étais à court d'options et de temps, je ne voulais pas quitter mon oméga qui se plaignait d'avoir mal au cœur et d'avoir des vertiges le matin. Le poison devait se développer trop vite. Je demanderais pardon une fois que l'armée serait arrivée, aurait tué Gotham et se serait faufilée avec Rei.

Notre petite aventure n'avait pas été uniquement pour son plaisir. Je voulais tester la magie de Gotham, voir avec quelle fermeté elle enchaînait mon compagnon à sa tour.

Plus important encore, s'il pouvait le sentir. Gotham l'avait fait, devenant encore plus diligent pour apparaître à des heures étranges, jamais à minuit pile. Le faire sortir du calendrier faisait partie du plan. Une anima acculée agissait différemment d'une personne pensant rationnellement.

Cela me rendait malade de penser à Rei malade dans la tour, incapable de partir, mais plus je l'observais lui et Gotham sous ma forme d'ombre, plus je devenais perturbé. Et pas pour la raison apparente qu'il gardait mon oméga dans les chaînes d'invitations. Non, ce qui m'a déclenché, ce sont les paroles de Rei un matin après s'être brièvement remis de sa maladie.

Il affirmait qu'il était coincé à l'intérieur de la tour depuis vingt-cinq ans. Avant cela, il fut lié à Gotham pendant au moins soixante-quinze ans, pour un total d'environ cent ans.

Cependant, il y avait un petit problème dans cette équation. Gotham a volé ces secrets à mon arrière-arrière-grand-père lorsqu'il est monté sur le trône il y a sept cent vingt-cinq ans.

Je pouvais accepter que Rei ait été pris et cultivé comme vaisseau après cela à cause des rumeurs sur le prisme de la folie et la bête piégée à l'intérieur, qui étaient plus jeunes que lui. Cependant, la première mention d'un monstre aux couleurs de l'arc-en-ciel remonte à environ six cents ans.

Peu importe comment je l'ai découpé, soit Gotham avait déjà kidnappé des vaisseaux, soit quelque chose n'allait vraiment pas dans les souvenirs de Rei du passage du temps. Je ne le considérais pas comme un menteur et Gotham avait plus de raisons que lui de cacher la vérité. Ce qui signifiait que quelque chose d'encore plus sinistre se passait ici. Je devais juste comprendre quoi.

Atterrissant sur une branche d'arbre, j'ai regardé Gotham s'arrêter près d'un bosquet regorgeant de bourgeons de Solar Flare. L'odeur de Rei. Et, même si je détestais l'admettre, les sorciers aussi. En gazouillant doucement, je l'ai regardé tailler les fleurs.

Même si je comprenais Rei chaque jour davantage, Gotham restait une énigme pour moi.

En tant qu'Elohime, Gotham savait sûrement qu'emprisonner un métamorphe vampire rare tel que mon compagnon était passible d'innombrables condamnations à mort pour compenser ses crimes. Même un quarterbloh méritait une telle protection. Et après avoir trouvé sa cachette, j'ai découvert qu'il se contentait d'empiler ses cheveux, ne faisant rien d'autre que dormir à l'intérieur comme dans un terrier.

Rien dans tout cela n'avait de sens. Je serrai le bec tandis que Gotham faisait à nouveau la même chose, allongé dans les énormes tas de cheveux de mon amant, s'enfonçant à l'intérieur comme une toile d'araignée. Mais cette fois, pour la première fois depuis que j'ai commencé à traquer, quelque chose d'étrange s'est produit.

À mon infinie horreur, il a attrapé une paire de ciseaux et s'est déchiré la peau avec ses mains noueuses, se coupant également. Aucun sang ne jaillissait de ses blessures, mais les entailles étaient profondes. Incurable. Il devrait en être mort.

Et pourtant, il ne l'était pas. Pire encore, il était...

Une transformation ?

Je n'en croyais pas mes yeux lorsqu'une paire de mains plus jeunes et plus fortes émergea des trous qu'il avait creusés dans sa chair. Ils ont déchiré son corps jusqu'à ce qu'un nouvel homme apparaisse ; comme un serpent qui perd sa peau, Gotham avait pris une nouvelle forme et une nouvelle peau.

Il était plus mince, plus grand, plus jeune et avait une peau d'albâtre, avec de longs cheveux noirs flottants brillant d'une magie noire, semblable à la lumière de Rei.

Cet homme était différent du vieil homme qui saluait mon compagnon tous les soirs. Pourtant, il se sentait toujours aussi vieux que, à ma grande horreur, il jeta la peau dans le tas. Les cheveux le consommaient, frissonnant, bougeant comme une bête géante vivante. Puis Gotham leva la main, des pointes dépassant de sa nouvelle peau comme les buissons fleuris de la racine du prisme.

"Il est temps", dit-il, d'une voix comme un abîme sans fond, levant les yeux jusqu'à ce que je sois sûr qu'il croisait mon regard. « Il est temps que je fasse mienne mon animal de compagnie. Il est si parfait, si délicieusement venimeux. Lorsque j'ai abandonné mon âme dans ces bois, j'ai seulement demandé à élever un partenaire digne de ma semence et de mon âme. Il est maintenant temps pour nous de ne faire qu'un.

Sursautant, je me suis envolé de la branche et j'ai filé directement vers la tour, mettant sceau après sceau pour que Gotham puisse percer. Il ne restait plus de temps. Il était sur nous, je le savais, et tous les hommes du roi n'étaient pas là. Pas encore en tout cas. Bientôt je l'espère. Au lever du soleil. Mais d'ici là, nous devions faire un dernier combat.

Je me suis précipité à travers la forêt, mes ailes me portant de plus en plus vite jusqu'à ce que la limite des arbres disparaisse, et je n'étais plus qu'une ombre planant au-dessus des bois.

Réi !

# CHAPITRE 7

RI

Ziran ?

Une vive douleur me frappa la poitrine, me faisant laisser tomber mes ciseaux enchantés. Je me suis plié en deux avant de m'effondrer à genoux, craignant de mourir, paralysé par la peur. Mais aussi vite qu'elle est arrivée, la douleur brûlante m'a fui.

J'ai pris des inspirations brusques et inégales, abandonnant ma routine nocturne. Ziran a déclaré que l'accouplement entre les Elohime différait de celui des Kindred, en particulier entre les humains. Il m'a dit que notre lien était plus profond, et maintenant je le croyais.

Parce que alors que je jetais la tête par la fenêtre, une ombre sombre encerclait ma tour. Je savais pertinemment que c'était lui. Et au lieu de ressentir de la douleur cette fois-ci, je savais que ce que je ressentais était la peur intense de Ziran.

J'ouvris les bras en guise de salutation, le corps de Ziran se rematérialisa dans la brume, nous emmenant tous les deux vers le lit. Je grognai, son corps plus grand écrasant le mien sous lui. Cependant, alors qu'il essayait de s'éloigner, je l'ai serré contre moi et j'ai refusé de le lâcher.

Ce qui l'avait effrayé dans ces bois m'a presque tué. J'avais besoin qu'il se calme avant de le laisser sortir de mon étreinte. Il tremblait comme une feuille, et entre les étranges nausées matinales qui me tourmentaient depuis la dernière fois et maintenant ça, sa peur suscitait la terreur en moi.

« Réi ! Rei, libère-moi maintenant. Nous devons courir. Nous devons... » divagua-t-il, haletant, des gouttelettes de sueur frappant mon front alors qu'il se soulevait au-dessus de moi.

J'ai réalisé que Ziran était beaucoup plus fort qu'il ne le laissait entendre, et il m'a rapidement traversé les bras en panique.

Levant la main, je lui pris les joues en coupe et lui ordonnai : « Calme-toi, Ziran. Je suis là. J'écouterai. Mais toi et moi savons que je ne peux pas m'enfuir. Vous avez envoyé un message au roi, n'est-ce pas ? Rappelez-vous le plan. Nous nous cachons. Nous attendons."

«Il a l'intention de t'assassiner, Rei. Il veut récolter votre âme lorsque votre utilité prend fin. Tu ne peux pas rester. Vous ne pouvez tout simplement pas.

Silence. C'était la seule chose qui remplissait l'espace entre nous. Tous les bruits de la nature étaient assourdis ; nos phéromones et l'air se sont purifiés.

Je n'avais jamais pensé que je mourrais aux mains de Gotham. Peut-être de la vieillesse ? C'était probablement le fruit de mon imagination limitée. J'ai supposé qu'il me garderait piégé ici pour toujours en prolongeant ma vie petit à petit avec ses mages supérieurs. Eh bien, oui, je pensais que c'était le plan de Gotham. Mais à quoi cela servirait-il de me tuer ? Il perdrait l'accès à mes si précieux cheveux enchantés.

En lui frottant le dos, j'ai essayé de prendre la situation à la légère pour protéger mon cœur de la réalité morbide de tout cela. « Au moins, souris. Ce n'est pas vous qui êtes sur le point d'être tué.

« Non, non, tu ne comprends pas. Ce pervers dégoûtant... cette bête. C'est... Gotham veut forcer un lien avec toi.

Il ne pouvait pas décrire l'indicible, mais je savais ce qu'il voulait dire. Ce n'était qu'une seule fois, il y a de nombreuses lunes, que les yeux de Gotham avaient enregistré quelque chose de plus profond que le dégoût.

«Ce vieil homme...» commençai-je.

« Ce n'est pas un homme ! Pas humain. Pas Kindred. Je rejette qu'il soit revendiqué comme faisant partie des Elohime, mais c'est le cas. Gotham l'est. Et ses projets pour toi sont bien plus grands que tes cheveux.

Son caractère énigmatique me déroutait maintenant.

« Très bien alors, disons que nous nous enfuyons. Mon cœur s'arrêtera au moment où nous atteindrons la baie. Mais je suis prêt à mourir dans tes bras plutôt que dans les siens.

"Non!" Ziran gémit.

« Et alors ? Quel autre plan existe-t-il, Ziran ? Tu n'es même pas censé être ici. Comptes-tu me laisser derrière toi maintenant que tu as découvert ses secrets ? J'ai demandé.

"Non jamais! Je suis en quête... » Je l'ai coupé.

"Conneries", dis-je, le traitant de bluff. «Vous savez, j'ai longuement réfléchi à vos absences et j'ai lu autant que possible. Les princes héritiers du trône Elohime reçoivent une quête. Mais ta quête m'implique ? J'en doute."

"Et alors? Pensez-vous que je suis un fraudeur ? Que je n'ai pas de sang royal ? il a presque rugi.

« Non, je pense que tout cela est vrai. Il faut que ce soit maintenant, sinon tu es plus fou que Gotham. Mais tu utilises des excuses pour être avec moi. Vous avez été envoyé à la recherche d'un trésor. Non, je pense que vous avez été envoyé pour le tuer.

"Tu as raison. Et tuer une bête », a déclaré Ziran, ne niant plus la vérité alors que son regard se posait directement sur mon âme. "Pourtant, je t'ai trouvé, et maintenant je ne peux plus vivre sans toi à mes côtés."

"Mais je ne peux pas venir avec toi," murmurai-je.

« Je ne sais pas quoi faire », a-t-il admis, l'air vaincu, ce qui ne lui ressemblait pas. « Je ne sais pas s'ils t'accepteront. Je sais à peine si je peux briser la malédiction de Gotham. Sa magie maléfique est ancienne, peut-être aussi vieille que mon arrière-arrière-grand-père. Même la Haute Cour ne pourrait guérir la magie sans l'aide du roi.

"Qui voudrait gaspiller autant de pouvoir sur un Quarterbloang," dis-je, terminant la phrase dont je savais qu'il refusait de parler.

"Je vais les y forcer", a déclaré Ziran.

« Mais cela signifie m'aider au moins à survivre au voyage, n'est-ce pas ? Nous tournons en rond. Laissons ça pour ce soir, » ai-je demandé, mais il a secoué la tête et a attrapé mon poignet.

Mes ongles s'enfoncèrent dans la main de Ziran, et finalement, il relâcha : « Gotham est mort. Ou bien, la version que vous connaissiez est de toute façon.

Il y avait d'autres énigmes, mais je les déchiffrerais une autre fois. Pour le moment, tout ce qui comptait, c'était que Ziran et moi trouvions quoi faire ensuite.

« Vous savez beaucoup de choses, mais beaucoup de choses peu pratiques. Pas des choses qui vous aideront à survivre au-delà de ces murs. Et j'ai tous ces sorts inutiles, mais je ne peux pas en créer un pour briser la malédiction de Gotham, » déplora mon alpha.

"Alors apprends-moi," dis-je en tendant la main vers lui. "Des choses utiles pour notre vie au-delà de ces murs."

« Je veux que tu effaces la tache qu'il a laissée sur mon corps. Mais je ne peux pas.

Ziran détourna le visage, et son rejet fut plus profond que n'importe quelle épée alors qu'elle ne devrait pas. Nous étions encore pratiquement étrangers, mais il était la seule bouée de sauvetage que je pouvais atteindre dans cet abîme noir incontournable qu'était ma captivité.

"Pourquoi?" Murmurai-je contre la joue de Ziran, déterminé à l'amener à me regarder.

J'ai continué à jouer avec lui, faisant pleuvoir des baisers sur son visage jusqu'à atteindre sa nuque.

Finalement, sa poigne se resserra sur ma taille. J'inspirai profondément, son parfum riche et boisé inondant mes sens alors qu'il me guidait vers le lit. Le corps de Ziran m'a pressé contre mes draps, inondant l'air de son arôme alpha.

Frissonnant, j'ai saisi la base de son cou pendant que nous nous regardions, et nos regards se sont maintenus.

"Tu joues avec le feu mais sache que je vais te consumer tout entier", grinça-t-il, sa queue tendue contre mon ventre.

Il me regardait comme une anima affamée, se régalant de mon corps nu, et j'adorais ça. Je le voulais. C'était comme une séparation appropriée de tacher une dernière fois le repaire sacré de Gotham avec la semence de mon amant et de cracher sur sa tombe.

« Alors détruis-moi. Brûle-moi et remodèle-moi à ton image. Faites-moi fondre s'il le faut et emmenez-moi avec vous. S'il te plaît, je t'en supplie, Ziran. Si tu es vraiment mon alpha, tu ne me permettras pas de passer une minute de plus dans la tour de ce tyran.

# CHAPITRE 8

ZIRAN

Une partie de moi savait, au fond de moi, que je faisais une erreur. J'étais devenue folle, impuissante et m'accrochant au seul espoir que j'avais, qui était dans les bras de Rei. Je le savais, mais je ne pouvais m'empêcher de réduire la distance entre nous, déposant un chaste baiser sur ses lèvres tremblantes avant de le dévorer, tout comme ce monstre avait perdu sa peau et s'était laissé dévorer par les cheveux de mon compagnon.

L'espoir et une chaleur ardente ont fleuri dans mon cœur alors que nous nous séparions, les lèvres écartées à peine, se regardant dans les yeux. Rei semblait ravi mais néanmoins confus, attendant des instructions supplémentaires si l'inclinaison curieuse de sa tête était une indication.

J'aurais dû être celui qui guidait mon oméga, lui apprenant à plaire et à accepter le plaisir. Mais j'ai trébuché, figé sur place, ne sachant pas quoi faire ensuite. Le sexe aurait dû être la dernière chose qui me préoccupait, qui brillait encore d'images de la bête immorale et pourrie que Rei appelait Gotham, qui avait perdu sa peau sur le sol de la forêt, affirmant qu'il lui avait vendu son âme.

Entre partenaires destinés au destin, l'accouplement était bien plus qu'il n'y paraissait. Cela nous a donné de la force. Peut-être, juste peut-être, que cela pourrait servir de clé pour briser les chaînes de Rei à cet endroit. Car mes sceaux ne dureraient pas éternellement, peut-être même pas une heure. Si on pouvait me donner assez de force pour retenir Gotham afin que Rei puisse s'échapper, cela me suffirait.

"Seulement pour un petit moment," murmurai-je contre ses lèvres, embrassant Rei encore et encore alors que je l'emmenais au lit. « Juste assez pour booster ma magie et la vôtre. Si nous nous perdons dans le pouvoir de chacun, nous pourrons peut-être partir plus tôt que prévu.»

"Tu mens encore maintenant. Je sais que nous allons mourir ici. Je sais, et je n'ai pas peur."

"Vilain garçon," gémis-je contre les douces lèvres de Rei, mon esprit confus étant incapable de comprendre la gravité de la déclaration de Rei.

Il descendit du lit jusqu'à ce qu'il soit près de ma hanche. Mon souffle s'est arrêté alors que les lèvres douces de Rei ornaient le bout de ma bite dure comme la pierre. Je me mordis la lèvre inférieure pour m'empêcher de grogner, repoussant les mèches de cheveux blond platine et l'arc-en-ciel qui y était entrelacé. Je l'ai tiré jusqu'à ce que nous soyons retournés, allongés sur le côté, nous goûtant goulûment.

"Ralentis..." ordonnai-je, mes ongles s'enfonçant dans l'épaule de Rei. « Savourez-le. Et je ferai de même.

J'ai touché le fond de ma gorge et sa queue a eu des spasmes alors que je léchais son essence, moi-même dégoulinant le long de sa hampe dans ma gorge.

Finalement, il murmura : "Je me sens étrange à l'intérieur, alpha."

"Tu aimes ça ici?" Murmurai-je, la langue traînant contre ses couilles tandis que Rei haletait doucement, tirant sur une poignée de mes cheveux alors que je lui glissais les fesses, déjà lisses et prêtes à m'accueillir.

"Oui, surtout, ah, là!" gémit-il, suivi d'un gémissement, la bite tremblant à l'intérieur de ma gorge crue.

La vue que j'avais de lui était magnifique, rendue encore meilleure par son parfum irrésistible, un mélange parfumé de pétales d'éruption solaire et de miel du royaume humain avec un soupçon de feuilles de givre éternel qui transformait mon esprit en bouillie.

Il s'est incliné au-dessus de moi, enfonçant sa queue jusqu'au fond de ma gorge, et a tenu. Des jets chauds de sperme ont coulé dans ma gorge alors qu'il revenait, gémissant si doucement que j'ai été obligé de sortir ma propre bite pour me soulager une fois de plus. J'ai explosé dans la paume de ma main alors que je lapais la graine de Rei, ravie au-delà de toute comparaison.

Ce moment était parfait. Je souhaitais que cela dure pour toujours.

"Tu es aussi courageuse que belle, Rei," dis-je en m'asseyant pour le prendre.

Je l'entraînai dans un baiser sauvage, ne pouvant plus cacher mon dévouement ou mon désir pour lui. Rei frémit dans mes bras, ôtant sa robe alors que je la déchirais devant. Il tomba au sol en lambeaux, nos langues et nos lèvres s'écartèrent juste assez longtemps pour que je puisse le balayer.

Je ne pouvais pas empêcher mes mains de trembler lorsqu'elles atterrirent sur la cuisse souple de Rei. Il était doux et sans tache tandis que je pressais le petit corps de Rei contre le lit et me pressais contre lui.

Il n'y avait pas de temps pour être doux, et alors que je lui enfonçais d'abord ma bite puis mon nœud, j'étais certaine que c'était aussi le destin. Toutes les pièces du puzzle se sont effondrées, comme si nos corps ne faisaient plus qu'un, alors que je sentais des énergies jumelles dans son ventre, toucher le fond, cédant pour la première et la dernière fois à la demande de mon oméga de le recevoir, lui tout entier.

« Je t'ai dit d'effacer mon essence, mais tu n'as pas écouté.

Ensemble, Rei et moi avons tissé le sort, sa voix enchantée transportant notre magie combinée à travers les bois, s'élevant encore plus haut. Claquant à l'intérieur de lui, gémissant à haute voix maintenant que mon pénis était enfermé dans son trou serré et chaud. Alors que je l'embrassais, son érection grinçant contre mon ventre, mon esprit devint vide.

"Ziran ! Alpha I !" Rei gémit alors qu'il jouissait, des jets chauds recouvrant sa poitrine.

Mon esprit s'est levé plus haut, sentant la puissance du trône descendre sur le pays, mais aussi Gotham se rapprochant, trop près, il les avait battus.

Mais il ne sera pas moi, pensai-je, baissant mon souffle fantôme contre ses lèvres, fixant les jolis yeux gris de mon compagnon inondés de chaleur. Un frisson me parcourut le dos devant son regard mi-clos reflétant mon désir pour lui.

« Ziran... Ziran ! Non, je viens juste d'arriver. Je ne peux pas," haleta-t-il, en partie plaidoyer, en partie prière, en partie chant alors que je pompais son sexe et le baisais, sachant que bientôt nous pourrions nous séparer pour toujours.

"Oui, tu peux, petit oméga."

Il le méritait, de ressentir cet effet transcendant avec son compagnon au moins deux fois.

« Étoiles au-dessus ! » il a crié.

"Alpha!" Cria Rei alors que nous nous rapprochions plus fort, plus vite et plus passionnément qu'auparavant. "Mon alpha est venu me chercher."

Et avec ça, j'ai joui pour mon oméga au plus profond de ses tripes. Nous nous sommes embrassés pendant que je le nouais jusqu'à ce que je sois vidé. Nous avons continué à nous embrasser alors même que je devenais doux, mon essence coulant le long de ses cuisses avec sa nappe. Nous nous sommes embrassés parce que je savais que je ne goûterais plus jamais cette douceur.

# CHAPITRE 9

RI

C'est le premier baiser du véritable amour, n'est-ce pas ? Alors pourquoi, me demandais-je avec les yeux embués, incapable de me concentrer sur le visage de mon amant, a-t-il un goût de sang ?

Mon cœur tomba dans mon estomac, puis le sol froid comme la pierre alors que la voix de Gotham remplissait maintenant la pièce. J'ai crié de terreur absolue, attrapant ses ciseaux rouillés sur ma table alors qu'une branche éclatait dans l'estomac de Ziran. Il s'est plié en deux, perçant le bois avec mes ciseaux enchantés qui débordaient de poison de racine de prisme et des bénédictions de la Déesse.

Il était à peine midi, bien trop tôt pour que Gotham vienne me récolter les cheveux. Et pourtant, je ne pouvais pas nier l'évidence. Il était là, le sang de mon compagnon éclaboussant mon corps. Et quoi qu'il soit, Gotham faisait du mal à Ziran !

"Cachez-vous", força Ziran alors qu'il tournait et frappait une créature tordue ressemblant à une araignée faite de bois escaladant la tour, dont le visage ressemblait à Gotham dans sa jeunesse, pivotant sur lui-même, criant un meurtre sanglant.

J'ai gémi, les restes de nos ébats amoureux accrochés à ma peau alors que je me jetais du lit et m'éloignais.

« Ça sent tes sorts et tes phéromones. Plus puissant que jamais, Reimund. Il fait une douceur maladive dans votre petit nid d'amour aujourd'hui. Te sens-tu seul? Si c'est pour ça que tu laisses ce salaud te toucher ! ? » Gotham rugit, sa voix disjointe de son horrible corps. "Ce salaud pathétique avec ses sceaux faibles. Et tu te fais appeler le futur roi. Je sens ses hommes après moi. Les as-tu envoyés ? Peu importe, Reimund vient avec moi. Tu peux mourir ici pendant que je construis un nouveau château pour mon petit Prince."

Je me bouchai les oreilles, bâillonnant tandis que Gotham transperçait à nouveau Ziran, qui tenait bon, refusant de lui permettre de m'atteindre alors que je trouvais la seule cachette possible.

"Si je meurs, tu seras libre, Reimund. C'est la vérité. Le seul moyen de détruire la malédiction. Ton pathétique alpha n'a pas pu le comprendre. C'est le seul moyen. Mais je ne mourrai jamais. Je vivrai." pour toujours ; nourrissez les anciens de la forêt de votre magie en échange de votre âme », a finalement admis Gotham alors que je rampais à l'intérieur de ma poitrine après avoir vidé toute la luneria et les bibelots que je pouvais y mettre. " Pouah ! Mais les anciens, mes maîtres sont en colère. Vous paierez pour avoir dérangé mes terres, Ziran ! "

"Cette terre est à moi, vilain salaud !" Ziran rugit alors qu'ils s'affrontaient. "Et tu ne toucheras plus jamais un cheveu de la tête de Reimund !"

Je me suis mis en boule, serrant les ciseaux rouillés de Gotham comme un couteau. Ce coffre était autrefois une forme de punition, mais maintenant je ressentais un sentiment de réconfort malsain enfermé à l'intérieur.

"Pouah!" Ziran, mon compagnon, mon alpha, bâillonné, poignardant Gotham dans l'œil alors que son visage passait à travers la fenêtre, ainsi que la majeure partie de son corps en bois contorsionné.

Ses membres étaient couverts de poils fins, si pointus qu'ils coupaient la peau de Ziran. Mes cheveux, réalisai-je, car seuls mes ciseaux avec lesquels il coupait l'air les coupaient.

"Qu'est-ce que tu es!" J'ai crié alors que la forme monstrueuse de Gothem se contorsionnait au-dessus de la poitrine, son cou s'étendant jusqu'à ce que son visage plane au-dessus de moi. Je me suis battu pour fermer la porte alors qu'il utilisait une pointe en bois pour la maintenir ouverte.

"Ton pire cauchemar", grogna Gotham, avant de se saisir et de crier alors que Ziran sautait sur son dos.

Ils se sont affrontés, leur puissance inégale, alors que Ziran mettait son corps en jeu pour me protéger. J'ai sangloté, essayant de me relever alors qu'une flèche enflammée traversait la fenêtre et frappait ma bibliothèque.

Tout était en flammes. Tout dans ma vie s'effondrait et s'effondrait. Pire encore, je ne pouvais rien faire d'autre que prier pour que la déesse renforce mes ciseaux pendant que Ziran me défendait du mieux qu'il pouvait.

"En direct!" Cria Ziran en se tournant pour me fermer la poitrine. "Je t'ordonne de vivre, oméga. Et avec mon dernier souffle, je mettrai fin à Gotham."

Un grand grondement a rempli l'air et la prochaine chose que j'ai su, c'est que j'étais en chute libre dans les airs.

# CHAPITRE 10

ZIRAN

"Silence!" Gotham rugit, libérant les forces de la nature au moment même où la cavalerie arrivait.

J'ai coupé et coupé tandis que les racines et les épines sortaient de son corps en papier mâché, mais ensuite elles m'ont entaillé, d'abord ma poitrine, puis mes yeux.

"Ahhh!" J'ai hurlé de douleur alors que le monde devenait sombre.

Tranchant, dans l'obscurité, suivant la trace de la magie du méchant. Les contours de son corps étaient pâles et irréguliers, un horrible amalgame de divers êtres cousus ensemble par la magie et la haine pure, semblait-il. Et il était près de la fenêtre.

Je ne serais pas pardonné d'avoir échoué dans mon oméga, même à mon dernier souffle. Je l'ai jeté dans la poitrine pour sa protection, mais je savais que je n'avais pas beaucoup de temps. La tour s'effondrerait si je ne tuais pas Gotham maintenant.

Après tout, nous, Elohime, étions immortels de nom seulement. Et, alors que le sang jaillissait de mes blessures ouvertes, j'ai été privé de ma vision et j'ai été confronté seul à un mal monstrueux ; Je savais qu'aucune magie ne pourrait me sauver d'une mort quasi certaine. Mais cela signifiait qu'il ne serait pas sauvé, ses faibles dieux l'abandonnant alors que Gotham hurlait et s'effondrait, comme les forêts ravagées par les flammes entourant cette tour maudite.

S'il y avait une part de vérité dans l'amour qui pouvait tout vaincre, je tiendrais ce démon à distance assez longtemps pour permettre à l'amour de ma vie de s'échapper. Je savais que je n'avais pas d'autre choix que d'être courageux pour nous tous, y compris pour mes enfants à naître que je sentais palpiter dans le ventre de Rei. Comme c'était doux de pouvoir ressentir leur magie avant ma fin prématurée.

"Ouais!" J'ai crié, invoquant le reste de ma magie alors que je perçais les ténèbres.

Je me suis retourné, dos à la forme monstrueuse de Gotham, et je l'ai empalé avec les ciseaux bénis de mon compagnon. Ensemble, nous sommes tombés de la tour qu'il avait escaladée chaque nuit alors que minuit sonnait, libérant enfin Rei de l'enfer.

# CHAPITRE 11

RI

Je me suis réveillé en criant, mes mains toujours agrippées aux ciseaux. J'ai eu du mal à m'asseoir, me cognant la tête. C'était comme si j'étais enfermé dans un cercueil. Mais c'était impossible puisque je n'étais pas mort.

En plus, Gotham ne me respectait pas assez pour un enterrement digne de ce nom. Lorsque la fumée a rempli mes poumons, j'ai su que j'étais enfermé dans mon coffre désormais vide, les flammes léchant le bois, le verrou métallique éclatant et grésillant tandis que l'écorce se décollait.

J'ai mis mon corps en boule et j'ai donné des coups de pied. De plus en plus dur jusqu'à ce que le bois finisse par céder. Quand je suis ressorti, j'ai haleté, choqué, utilisant ses ciseaux pour couper mes cheveux qui prenaient feu.

En regardant autour de moi, j'ai réalisé que j'étais tombé dans un trou. J'étais dans l'ancienne chambre de Gotham au pied de la tour, mais elle ne ressemblait en rien à ce qu'elle était quand j'étais jeune.

D'innombrables portraits dessinés de moi, des mèches de cheveux accrochées comme des trésors. C'était comme me voir comme un oiseau en cage, une capsule temporelle de la façon dont Gotham m'avait vu toutes ces années alors qu'il remplissait mon sang de poison pour perfectionner mon corps à son image. Un malade, dément, pervers. Il pourrait pourrir comme l'écorce de sa peau brûlante.

Mais pourtant, Gotham était si puissant que même dans la mort, il comptait me maintenir attaché à la tour. Et mon compagnon a été grièvement, potentiellement mortellement blessé, et moi très faible.

« Ziran », gémissais-je, luttant contre la fumée et les flammes jusqu'à ce que je parvienne à l'extérieur.

Et puis j'ai crié, le son fort et brutal arraché au corps de quelqu'un d'autre, semblait-il. Là, penché sur la tour, mon compagnon saignait.

Son corps était empalé à trois longues branches du cadavre de Gotham. Mais le pire était ses yeux, qui semblaient être des milliers d'éclats enfouis dans chaque orbite.

J'ai sangloté et j'ai essayé de les arracher, au son des sabots martelant la terre. L'armée arrivait, tout ce que Ziran m'avait dit était vrai. Et pourtant, il était trop tard pour le sauver maintenant.

"Ne... pleure pas," siffla Ziran, vivant mais à peine. «C'était une erreur... d'être avec toi... quand je ne pouvais pas te défendre, doux oméga. Une erreur fatale.

« Ne dis pas ça. Et même si c'est vrai, c'est important maintenant. Nous mourrons ici ensemble, dis-je en serrant fermement mes ciseaux.

Mais ensuite Ziran a tendu la main et m'a pris la main, secouant la tête sans docilement.

« Ne... sois stupide, Rei. Ne permettez pas à mon sacrifice d'être en veine », a-t-il déclaré.

"Je ne peux pas te quitter!" J'ai crié, refusant de l'abandonner alors même que ma magie commençait à s'estomper.

"Aller!" cria mon alpha, du sang coulant des blessures de son regard aveugle.

J'avais arraché les dernières épines. Il n'y en avait pas autant que je le pensais. Et pourtant, tandis que Ziran fermait les yeux, une partie de moi savait qu'ils ne s'ouvriraient plus jamais. Ils ne danseraient jamais à la lumière. Ils ne se fondraient jamais dans une teinte violette chaude. Ils ne me regarderaient plus jamais avec adoration, comme si j'étais la lune, le soleil et les étoiles réunis en un seul.

"Je ne te quitterai pas", murmurai-je, mes larmes imparables alors que la tour, ma prison, la seule maison que j'ai jamais connue ont pris feu et que tous les hommes du roi se sont approchés de chez nous pour me décapiter.

Ziran me caressa faiblement la joue, souriant, même s'il s'étouffait, la lumière s'estompant de son regard violet autrefois majestueux alors qu'il devenait d'un blanc vitreux. "Si ce n'est pas pour moi, c'est pour eux."

Il me serra faiblement le ventre et je secouai la tête, sans comprendre. Jusqu'à ce que je comprenne ce qu'il voulait dire, si tard, et j'ai crié.

Le son était inhumain – ni Kindred, ni Elohime, pas comme le rugissement d'une horrible bête.

"Si ce n'est pas pour moi, vis pour eux", répéta Ziran, et incapable de refuser, au moins j'écrase les graines de vie que mon alpha m'a offertes, j'ai couru.

J'ai abandonné l'amour de ma vie, j'ai couru vers le rivage et je suis monté à bord du petit bateau qu'il avait commencé à sculpter pour nous en secret pour m'échapper vers l'île. J'ai pagayé contre l'eau déchaînée et j'ai atteint le rivage. Chaque nuit, malgré toutes les épreuves, je me suis promis de respecter son dernier souhait.

Moi, Reimund Gardiner, je vivrais pour eux, même si mon âme mourait avec mon autre moitié à la tour de Gotham.

# CHAPITRE 12

RI

Trois ans plus tard

« Zénia ! Raylen. Viens ici pour que je puisse terminer l'histoire.

La brise fraîche de l'été m'enveloppait dans son étreinte chaleureuse alors que je rappelais mes enfants du rivage de l'île vers la sécurité de notre maison. Trois longues années s'étaient écoulées depuis la mort de Gotham, mon prince a donné sa vie pour moi et j'ai lutté tout seul pour la naissance de nos lumières jumelles. Ce n'est que grâce à la bénédiction de Solara, Lulana et Nocturnous que nous y sommes parvenus jusqu'à présent.

Notre vie était dure et remplie de déchets la plupart du temps. J'étais recherché par la couronne, et même si je parvenais à récupérer quelques pièces de monnaie dans les décombres de la tour, je doutais que nous puissions vivre une vie meilleure de l'autre côté de l'océan.

Parfois, nous devions nous aventurer pour obtenir les fournitures nécessaires, mais c'était rare car emmener les enfants avec moi était difficile et les laisser derrière nous était hors de question. La vie pourrait être meilleure, plus facile, je le savais maintenant après avoir été un oiseau piégé dans une cage dorée pendant si longtemps.

Mais cela en valait la peine, même maintenant, alors que je les guidais main dans la main jusqu'à notre modeste maison, taillée dans la roche et remplie des objets naufragés échoués sur les îles Soulflare.

Au moins, je voulais tenir ma promesse envers mon alpha, mon compagnon destiné, de vivre non seulement pour les jumeaux mais aussi pour lui, d'honorer sa mémoire.

«Il était une fois...» murmurai-je en serrant mes petits contre moi.

J'étais en train de terminer mon récit de l'histoire de leur père et de la mienne, sans tout ce qui pourrait les remplir de trop de terreur. C'était une histoire douce et magique remplie de princes, de magie et de méchants sorciers qui n'étaient pas trop méchants.

"La fin?" » ont-ils demandé à l'unisson, me regardant avec des yeux violets assortis et des cheveux blonds brillants sur une peau bronzée, une harmonie parfaite de nos traits.

Ils n'avaient pas de cornes, mais cela ne me dérangeait pas. Leurs oreilles pointues m'ont donné l'espoir qu'un jour, quand je serai mort et oublié depuis longtemps, ils pourront vivre à Elohime et être acceptés.

"La fin pour l'instant", dis-je en hochant la tête.

Raylen se leva d'un bond, emmenant sa sœur avec lui : « Allons le dire au pirate ! Il a dit qu'il voulait savoir comment cela s'était terminé.

"Hein?" Ai-je demandé alors que Zenia acquiesçait, riant aux éclats.

Alarmé, je les ai poursuivis alors qu'ils couraient à travers le sable, gravissant une colline plus proche de l'endroit où se trouvait un vieux quai, et une mince zone herbeuse et boisée remplie de fruits rencontrait le sable. En soulevant ma robe déchirée faite d'un drapeau abandonné, je leur ai crié de s'arrêter, pour ensuite être aveuglé par un fantôme.

Là, sur le rivage, flanqué de rangées et de rangées de gardes en costume, se trouvait un homme. Il portait deux bandeaux sur les yeux, ornés d'un symbole que je connaissais bien : le symbole du trône d'Élohime. Ses vêtements étaient royaux, avec des coutures complexes. Ses cheveux noirs bouclés jusqu'à la taille étaient tressés en arrière. Il avait de longues oreilles et un doux sourire.

Mais alors qu'il levait la main pour saluer mes enfants, je ne pouvais plus nier que c'était « Ziran !

J'ai haleté, le symbole sur ma main brillant tout comme le sien. Il a ébouriffé les cheveux de nos enfants avant de me sourire.

« Je t'ai dit que je reviendrais. Crois en moi, Rei. La lune chassera toujours le soleil. En plus, tu détiens toujours la moitié de mon âme. Si tu ne l'avais pas fait, je doute que je serais là maintenant.

Je m'évanouissais alors que le fantôme dérivait vers moi et tenait mon corps qui s'effondrait.

Mais il n'était pas du tout un fantôme puisqu'il est tombé au sol avec moi dans ses bras. Nos enfants s'accrochaient à moi, les yeux écarquillés de peur mais curieux.

«Pirate», a dit notre fille, «tu as rendu papa malade. Tu as dit qu'il serait heureux de te voir.

Au moment où il m'a accueilli pour la première fois dans la tour, Ziran s'est senti comme un intrus. Parce qu'il était censé être mort. Alors, comment était-il ici ?

« Ce n'est pas un pirate. C'est... » J'ai trébuché sur mes mots, ne sachant pas comment expliquer que leur père était bien réel et n'était pas ressuscité de la tombe.

"Ton père. Le prince dans l'histoire, souviens-toi. Je ne suis pas un pirate, » dit Ziran, son ton facile et naturel.

Il les tenait dans ses bras et j'enlevai lentement ses cache-œil, ses yeux blancs brumeux brillant d'adoration. « Un jour, j'espère voir vos visages aussi clairs que la bénédiction de Solara brille sur nous. Pour l'instant, nous rentrons à la maison.

Il était toujours aussi beau, mais des mèches grises coloraient ses cheveux noirs autrefois luxuriants et bouclés. Et les cicatrices, oh, les cicatrices qui lui coupaient le visage et les mains étaient horribles. Pas parce qu'ils étaient laids. Loin de là, ils reflétaient la laideur qui régnait dans mon cœur.

Parce qu'il était plus facile pour moi, réalisai-je, de reléguer mon alpha dans un conte de fées fantaisiste que d'accepter le fait que je l'avais abandonné dans ce pays maudit pour mourir seul.

"Va faire tes valises maintenant pendant que je parle avec lui", proposa Ziran. Trop confiants pour leur propre bien, Raylen et Zenia firent ce qu'on leur disait, suivis par une légion de gardes.

Cependant, pensai-je avec un rire brisé alors qu'il me soulevait, m'emmenant plus profondément à l'intérieur des terres, j'étais tout aussi confiant et naïf à l'époque.

"Tu n'as rien à avoir honte", a déclaré Ziran, me surprenant, soudainement poitrine contre poitrine alors que je regardais son visage.

Il avait enlevé son gilet et sa chemise élégante pour servir de couverture sur le sol, me déposant dessus avec respect.

« Avez-vous appris à lire dans les pensées au cours de vos aventures ? » plaisantai-je mollement, mes genoux tremblant alors qu'il les écartait, embrassant doucement mon genou puis ma cuisse.

"Non. Mais même privé de ma vision, tu as toujours été si facile à lire. Tellement naïf. C'est presque nostalgique, n'est-ce pas, de vous tendre une embuscade, de percer votre prison. Mais cette fois, c'est celui qui est dans ta tête. Ne vous sentez pas emprisonné par la culpabilité une seconde de plus. Je suis si heureuse que tu aies vécu. Et maintenant que j'ai le trône, je vais faire de toi mon précieux prince, Rei.

J'ai refusé de le regarder plus longtemps, tournant mon visage vers le sol, retenant mes larmes alors qu'il faisait pleuvoir des baisers sur mon corps, n'attendant pas nos noces royales pour me réclamer à nouveau, semblait-il.

"Pourquoi maintenant?" Ai-je demandé solennellement, la joie, la colère et la tristesse s'affrontant en moi. "Pourquoi revenir maintenant?"

Mon souffle s'est arrêté lorsqu'il a serré un solide bracelet lunaire autour de mon poignet. J'étais sûr que le joyau au centre valait plus que toutes les pièces lunaireriennes fondues sous les décombres de la tour.

« Quel type de prince héritier serais-je si je ne revenais pas en tant que futur roi de ces terres ? Comment pourrais-je jurer de te protéger pour toujours, si je ne pouvais pas m'assurer que personne n'oserait plus jamais toucher un cheveu de ta précieuse tête ?

Et juste comme ça, un barrage s'est brisé en moi, et je me suis jetée dans ses bras, n'étant plus satisfaite de ses baisers enjoués. Sans un mot, il m'a plongé dans ses bras, me faisant rouler sur le côté alors qu'il capturait mes lèvres avec faim.

J'ai dégrafé un bouton près de son col. Il resta silencieux tandis que je repoussais sa cape, touchant sa poitrine. Ziran semblait plus grand et plus fort que jamais, mais il était aussi plus brisé et vulnérable.

« Assez de ressasser le passé. Nous devons embrasser notre avenir maintenant, doux oméga. S'il te plaît, touche-moi et aide-moi à me souvenir de ce que ça fait d'être à nouveau entier avec toi.

Ziran s'est appuyé sur ses coudes et a essayé de m'embrasser, mais j'ai tenu mes lèvres juste assez loin pour qu'il ne puisse pas réduire la distance. Ensuite, je l'ai forcé à revenir au sol, en abaissant mes mains, à cheval sur sa taille.

« Assez d'énigmes, alpha. Assez de mensonges. Dis-moi, Gotham est-il mort ? Dites-moi ce que je peux faire pour compenser cela. Tu m'as dit de fuir, mais je n'aurais jamais dû te laisser porter seul un si lourd fardeau.

En son absence, j'en avais appris beaucoup plus sur les Elohime, les Vampires et les Humains qui peuplaient ces terres. Plus que tout, j'ai appris ce que signifiait être une royauté lors de mes brèves visites dans les villes balnéaires pour des approvisionnements que les océans ne pouvaient m'accorder. J'ai appris à quel point les cours étaient impitoyables et méchantes, notamment l'ancien trône des faes.

Comment pourrais-je laisser mon alpha affronter des obstacles aussi impossibles, blessé et seul. Ne savais-je pas la douleur infinie que la solitude peut instiller dans l'âme ? Comment pourrais-je infliger cela à celui qui me tenait le plus à cœur ?

« Assez, Rei. Vous avez suivi les ordres de votre alpha. Cela n'a jamais été votre fardeau à porter. Jamais. J'aimerais seulement qu'il ne me prenne pas autant de temps pour revenir vers vous et vers eux. Mais d'abord, je devais régler le chemin à parcourir. Sécurisez-le.

Et sur ce, Ziran a refusé de répondre davantage à mes questions. Il a saisi mon visage et a écrasé mes lèvres contre les siennes dans un baiser affamé et sauvage qui m'a coupé le souffle. Je haletais, me frottant contre lui, le désespoir remplaçant mon désespoir.

Nous nous sommes éloignés et j'ai souri à son sourire radieux. Ziran souriait jusqu'aux oreilles comme il le faisait toujours dans le passé et dans mes rêves.

"Touche-moi encore plus, mon oméga", murmura Ziran, mes mains posées de chaque côté de son visage. « Approche-toi, Rei, pour que je puisse réapprendre la forme de ton corps et graver l'image dans ma tête. Viens pour moi aussi, pendant que je m'enfouis jusqu'au bout en toi.

J'embrassai mon compagnon les lèvres tremblantes, me perdant dans son goût. Ses mains cicatrisées parcouraient mon corps à travers mes vêtements, mais ce n'était pas suffisant pour moi. Je voulais qu'il me touche plus profondément, plus fort, pour que je n'oublie jamais ce que c'était que d'être à nouveau tenu par lui.

Les doigts de Ziran parcouraient mes cheveux coupés, mordillant ma lèvre inférieure pour que sa langue puisse entrer dans ma bouche. Mes yeux se fermèrent complètement tandis que Ziran retournait lentement nos corps jusqu'à ce qu'il soit au-dessus de moi.

Il m'embrassa plus fort et plus profondément, un soupçon de colère mêlé de désespoir alors que sa magie tirait sur ma corde sensible, me piégeant dans son étreinte. Je m'accrochais à Ziran, lui griffant le dos, désespéré d'effacer la tache de son absence, de ma lâcheté, de chaque seconde et instant où il était absent.

Nous avons lutté, dégringolant dans l'herbe couverte de rosée, nous déchirant les vêtements jusqu'à ce que je sois nue et qu'il soit complètement nu, luttant pour se retenir alors qu'il frottait sa queue nouée contre mon cul nu.

"Je veux ta bite en moi maintenant, alpha," suppliai-je, l'aidant à se libérer pour que je puisse me rassasier de lui.

Ziran gémit alors que je palpais son manche et pompais toute la longueur de sa queue jusqu'à ce que je prenne la tête dégoulinante en coupe. J'avais l'impression qu'il allait jouir d'une seconde à l'autre, et je ne voulais pas perdre une seule goutte de sa semence. J'en avais besoin en moi. J'avais besoin qu'il me baise son nœud et me reproduise le cul. Notez moi. Réclamez-moi, comme son oméga, maintenant et pour toujours.

Je n'ai pas eu besoin de me préparer, guidant sa tête vers mon trou affamé. Il s'est enfoncé à l'intérieur, profondément dans les couilles, dans un mouvement fluide pendant que je pleurais. Et pourtant, ce n'était toujours pas suffisant.

"Plus fort", ai-je exigé en lui serrant les épaules.

Ziran m'a pris la taille en coupe, la saisissant si fort que j'étais sûr qu'il m'avait meurtri en me perçant.

« Vous êtes tous à moi maintenant », râla Ziran, et ce fut ma perte. "Bon garçon. Maintenant, viens me chercher.

« Réi ! Je suis vraiment désolé, Rei. Je suis... Ah ! Rei... Rei... Rei ! il a scandé mon nom, marmonnant des appels à la miséricorde incohérents alors même qu'il me punissait.

Mais honnêtement, être rempli à ras bord de son amour n'était pas du tout une punition, aussi triste soit-elle.

Ses lèvres s'attardèrent sur mon front, ses mains parcourant à nouveau mon corps. L'humidité me frappa la joue, que je pris pour la rosée du matin jusqu'à ce que je voie les larmes s'accumuler aux coins de son regard aveugle.

À cette vue, je n'ai pas pu m'empêcher de pleurer aussi. À mon grand étonnement, un peu de couleur est revenue dans ses yeux – juste un peu – mais il semblait qu'il me restait encore un peu de magie en moi.

Ziran m'a embrassé sur la joue et a dit : « Tu es mon remède. Ton amour. Je ne peux plus vivre sans.

Nous nous sommes tenus l'un l'autre et avons sangloté encore. Qu'est ce qu'il y avait d'autre à faire? Nichés dans ma chaleur, engloutis par son odeur, nous nous sommes endormis et avons refait l'amour toute la nuit lorsque nous nous sommes réveillés sous le voile de la lune enceinte.

# CHAPITRE 13

ZIRAN

« Il est temps d'y aller », dis-je à mon compagnon.

Le vent était violent mais constant, prêt à nous ramener sur le continent central d'Atheria. Mes enfants s'accrochaient à mes jambes alors que nous nous préparions à quitter les îles le lendemain.

J'ai suivi l'ombre floue de Rei comme une lumière vacillant dans l'obscurité perpétuelle, heureuse de voir qu'il a permis à mes gardes d'emballer ses affaires avec celles des enfants. Bientôt, il n'aurait plus à lever le petit doigt pour travailler pour quelqu'un d'autre pour le reste de sa vie.

« Ne pleure pas, petit », ai-je dit à mon fils, alors que de minuscules gouttelettes tombaient sur ma main nue alors que je lui caressais la joue. «Ne pleure pas, ma douce enfant», ai-je ensuite rassuré ma fille.

Soudain, Rei était juste devant moi, exigeant mon attention alors que mon front reposait contre le sien, une cicatrice surélevée à l'endroit où sa corne avait été arrachée. La position courbée était un meurtre sur mon dos, mais le fait d'être tenu par eux trois en valait finalement la peine.

"Tu as dit de pleurer si tu es triste avant," murmura Rei contre mes lèvres. « Que les larmes sont des médicaments et qu'elles ont le pouvoir de guérir. Alors ne leur dites pas de ne pas pleurer pour vous. Ils sont si heureux que tu sois avec nous maintenant, tout comme moi.

J'ai hoché la tête, tendant la main pour le serrer fort tout en murmurant : « Oui, je l'ai fait. Je n'aurais jamais imaginé que tu verserais à nouveau des larmes sur moi. Je n'aurais jamais pensé que Raylen ou Zenia le feraient aussi.

Aucune magie ne m'avait guéri pendant les années que nous avions passées séparément. Alors, alors qu'il suivait mon corps dans le noir, j'avais peur d'être rejetée. Je ne savais pas comment lui faire face.

Maintenant, je craignais que ma vision ne revienne que partiellement et que les cicatrices subsistent, qu'il me regarde comme avant, que mon oméga me regarde avec amour. À quoi ressembleraient les visages de mes enfants ? D'une certaine manière, je me sentais plus à l'aise dans le noir.

"Nous pleurerons autant que nécessaire", dit Rei alors que je soupirais. Nos enfants s'enfuyaient et une faible magie lumineuse dansait comme des fées dans le vent, traînant leurs corps. "Nous ferons tout notre possible pour vous guérir."

"Sssh", murmurai-je en appuyant mon pouce sur ses lèvres douces. « Je n'ai pas dit que tu ne pourrais jamais utiliser tes pouvoirs pour me guérir. J'ai dit que je n'en avais pas besoin maintenant. Plus de larmes pour l'instant. Cela m'inquiète si je ne suis pas guéri... »

«Je t'aimerai quoi qu'il arrive. Vous êtes entier et digne d'amour, alors arrêtez de douter de vous. Au nom de la Déesse, je t'aimais comme un foutu oiseau chanteur, Ziran. Qu'est-ce que la cécité lui enlève ?

J'étais figé alors que Rei s'éloignait de moi, déclamant et délirant.

"Dites-le encore", criai-je en tremblant alors que sa lumière sombre s'arrêtait.

«Au nom du...»

"Non, la première partie", soufflai-je, étonné de voir à quel point sa tête pouvait être pleine d'air quand cela comptait le plus.

"Je t'aime, Ziran," cria Rei. "Je t'aime tellement."

# CHAPITRE 14

RI

"Jusqu'à la fin, tu m'énerves, Rei," grinça Ziran, les vents salés soulevant ses cheveux au vent, se faufilant à travers les îles, à travers l'océan, pour revenir à la forteresse d'Elohimen que j'avais fui il y a trois ans.

J'ai fait la moue, surpris par sa colère, alors que nos enfants se précipitaient vers les gardes et l'énorme bateau amarré sur le rivage. Je me suis brièvement émerveillé devant le navire, la teinte améthyste sombre de ce que je pensais être le drapeau de bataille royal de Tilri flottant haut dans le ciel près du mât – la même couleur que les yeux de Ziran lorsque je le regardais.

Avec ses cicatrices et tout, il était d'une beauté encore plus dévastatrice que lors de notre première rencontre, et j'avais du mal à ne pas regarder mon alpha, ayant l'impression qu'à tout moment je me réveillerais de ce doux rêve et rentrerais dans un cauchemar sans fin sans lui.

« Petite renarde contrariante. Mon doux petit oméga, » murmura Ziran d'un ton espiègle alors qu'il se dirigeait vers moi.

Son ombre m'atteignit en premier, s'enroulant autour de ma cheville alors qu'elle serpentait jusqu'à mon genou. Je soupirai, réprimant un gémissement de plaisir alors qu'il réduisait la distance entre nous et m'enveloppait dans son parfum sauvage. Je ne me lasserai jamais de ses phéromones. J'avais peur de ne plus jamais les sentir jusqu'à ce matin, et maintenant j'en étais ivre.

«Regarde-moi», ordonna Ziran, même s'il ne pouvait pas me voir.

Il a relevé mon menton avec son pouce et son index alors que je tendais la main pour saisir son visage et caresser ses cicatrices avec respect. Mes larmes ne pouvaient pas à elles seules vaincre sa cécité, maudite par ce méchant sorcier, ses épines magiques enfoncées au plus profond de mon compagnon.

Mais je croyais en lui maintenant, tout comme je croyais en mon alpha à l'époque. Même si la racine de prisme que j'avais consommée pendant tant d'années ne pouvait pas guérir sa vision, volée par la magie maléfique de ce salaud, je savais que nous surmonterions quand même et trouverions le bonheur éternel ensemble.

Ziran ne s'était pas brisé, il s'était seulement épanoui grâce aux épreuves que nous avions endurées. Et je me suis donné pour mission de faire de même et de devenir un oméga digne de se tenir aux côtés d'un roi.

Pourtant, des doutes me tourmentaient alors que mon alpha me tendait la main avec sa main libre, entrelaçant nos doigts ensemble.

Je lui ai demandé d'une voix tendue : « Est-ce une façon de répondre à une confession venant du cœur ? Que je suis une renarde ? Je le pensais quand j'ai dit que je t'aime, Ziran. Tu ne peux pas en dire autant ?

"Oui, c'est vrai", a plaisanté Ziran, apparemment frustré.

Puis, il m'arrêta, m'entraînant dans sa forte étreinte, enveloppée de son parfum apaisant. Nos enfants se sont rassemblés autour de nous, s'accrochant aux jambes de son pantalon pendant qu'ils riaient, chantaient et dansaient.

"Laisse-moi au moins la dignité de dire que je t'aime d'abord, espèce de petite chose désagréable," râla-t-il contre mes lèvres.

La magie de Ziran s'enroulait autour de ma peau, des papillons papillonnaient dans mon ventre alors qu'il déclarait : « Je t'aime, Rei. Vers la lune et les étoiles et de retour dans tes bras, j'ai toujours eu envie de te dire ça. Je t'aime, mon oméga.

Il était d'une douceur minutieuse alors qu'il me serrait contre lui, mon alpha m'embrassant doucement tandis que nos enfants avaient des haut-le-cœur de dégoût. En riant, il s'agenouilla pour prendre Raylen et Zenia dans ses bras avant de s'approcher du navire.

"Promets-moi que tu ne nous quitteras plus", dis-je en enfouissant mon visage dans le creux de mon alpha, le cou de mon roi, gêné par la férocité dont je rougissais devant ses hommes et nos enfants.

"Je promets. Non, je vous le jure, ainsi qu'à vous, et à vous, mes doux enfants. Maintenant, rentrons à la maison, » dit Ziran alors que nous remontions le pont jusqu'au navire qui nous ramènerait à la maison, vers un château de conte de fées à l'intérieur d'une tour qui ne ressemblerait pas du tout à une prison.

"Mais nous sommes à la maison?" » dit Raylen, confuse, et Zenia hocha la tête tout en souriant jusqu'aux oreilles.

"Vers une nouvelle maison, une maison plus grande avec le reste de notre famille, vers une aventure sans fin, côte à côte, mes chéris", a déclaré Ziran, souriant alors qu'il nous serrait tous dans une étreinte qui nous a volé notre rire haletant et a emporté. toutes nos larmes.

Emprisonné par le sorcier, je n'avais connu que le désespoir. Mais, aveuglé par l'amour, j'ai créé l'avenir de mes rêves les plus fous après avoir livré mon cœur à un voleur. J'étais tellement reconnaissant; les mots ne pourraient jamais résumer ce que je ressentais, vivre une vie heureuse pour toujours, digne d'un prince et de son roi.

Pourtant, des doutes me tourmentaient alors que mon alpha me tendait la main avec sa main libre, entrelaçant nos doigts ensemble.

Je lui ai demandé d'une voix tendue : « Est-ce une façon de répondre à une confession venant du cœur ? Que je suis une renarde ? Je le pensais quand j'ai dit que je t'aime, Ziran. Tu ne peux pas en dire autant ?

"Oui, c'est vrai", a plaisanté Ziran, apparemment frustré.

Puis, il m'arrêta, m'entraînant dans sa forte étreinte, enveloppée de son parfum apaisant. Nos enfants se sont rassemblés autour de nous, s'accrochant aux jambes de son pantalon pendant qu'ils riaient, chantaient et dansaient.

"Laisse-moi au moins la dignité de dire que je t'aime d'abord, espèce de petite chose désagréable," râla-t-il contre mes lèvres.

La magie de Ziran s'enroulait autour de ma peau, des papillons papillonnaient dans mon ventre alors qu'il déclarait : « Je t'aime, Rei. Vers la lune et les étoiles et de retour dans tes bras, j'ai toujours eu envie de te dire ça. Je t'aime, mon oméga.

Il était d'une douceur minutieuse alors qu'il me serrait contre lui, mon alpha m'embrassant doucement tandis que nos enfants avaient des haut-le-cœur de dégoût. En riant, il s'agenouilla pour prendre Raylen et Zenia dans ses bras avant de s'approcher du navire.

"Promets-moi que tu ne nous quitteras plus", dis-je en enfouissant mon visage dans le creux de mon alpha, le cou de mon roi, gêné par la férocité dont je rougissais devant ses hommes et nos enfants.

"Je promets. Non, je vous le jure, ainsi qu'à vous, et à vous, mes doux enfants. Maintenant, rentrons à la maison, » dit Ziran alors que nous remontions le pont jusqu'au navire qui nous ramènerait à la maison, vers un château de conte de fées à l'intérieur d'une tour qui ne ressemblerait pas du tout à une prison.

"Mais nous sommes à la maison?" » dit Raylen, confuse, et Zenia hocha la tête tout en souriant jusqu'aux oreilles.

"Vers une nouvelle maison, une maison plus grande avec le reste de notre famille, vers une aventure sans fin, côte à côte, mes chéris", a déclaré Ziran, souriant alors qu'il nous serrait tous dans une étreinte qui nous a volé notre rire haletant et a emporté. toutes nos larmes.

Emprisonné par le sorcier, je n'avais connu que le désespoir. Mais, aveuglé par l'amour, j'ai créé l'avenir de mes rêves les plus fous après avoir livré mon cœur à un voleur. J'étais tellement reconnaissant; les mots ne pourraient jamais résumer ce que je ressentais, vivre une vie heureuse pour toujours, digne d'un prince et de son roi.

# Don't miss out!

Visit the website below and you can sign up to receive emails whenever Jim Cartis publishes a new book. There's no charge and no obligation.

https://books2read.com/r/B-A-NITIB-ZMRDD

BOOKS2READ

Connecting independent readers to independent writers.

# Also by Jim Cartis

Emprisonné par le sorcier

www.ingramcontent.com/pod-product-compliance
Lightning Source LLC
Chambersburg PA
CBHW071351130726
47996CB00002B/875